おっさんはうぜぇぇぇぇんだよ！って
ギルドから追放したくせに、
後から復帰要請を出されても遅い。
最高の仲間と出会った俺は
こっちで最強を目指す！２

おうすけ

ぶんか社

C O N T E N T S

第九章　カイン・ルノワール

アイスバードで用意していた潜伏先《せんぷくさき》の部屋で、カインは1人黙々《もくもく》とトレーニングを続けていた。

「1501、1502、1503、1504っと」

背中には大きな鉄の塊《かたまり》を背負っており、ただひたすら腕立《うでた》て伏《ふ》せを続けている。

カインも最初はスクワードと共に黒い市場《ブラックマーケット》の動きを探っていたのだが、スクワードから「お前がいたら目立って仕方ないから邪魔《じゃま》だ」と謹慎《きんしん》を言い渡されてしまった。

カインは大怪我を負って動けないという設定のため、安易《あんい》に出歩いて見つかる訳にはいかない。

しかも今回の相手はあの巨大組織、黒い市場である。

不用意に姿を見せて奴《やつ》らの情報網に引っかかってしまえば、この計画は失敗するかもしれない。

カインもそれが分かっているからこそ、外に出て暴れたいという自分の感情を律《りっ》し、計画通り隠《かく》れ家《が》に籠《こも》っているのだ。

隠れている間、暇《ひま》なら久しぶりにトレーニングでも始めてみるかと思い立ち、少しやり始めたところ、思いのほか楽しくなり羽目《はめ》を外《はず》し始めたところだ。

トレーニングを本気でやり始めて数ヵ月、衰《おとろ》えていた肉体は全盛期《ぜんせいき》の盛り上がりを取り戻しつつあった。

元々《もともと》恵まれていた身体は筋肉という鎧《よろい》を取り戻し、戦う準備は既《すで》に完了している。

ただの冒険者が今のカインを見たら、鍛《きた》え上げられた肉体から発せられる存在感に委縮《いしゅく》するに違いない。

「２０００!!　ふぅぅ、腕立てはこの位にしておくか。次は素振《すぶ》りだな」

腕立てを終えたカインは、近くの床に転がっている剣の形を模造《もぞう》した鉄の塊を片手で持ち上げると、ブンブンと振り回し始めた。

この鉄の塊の重さ30キログラムあり、普通の冒険者なら両手を使っても振り回す事は出来ない。

「ガハハハ。Ｓ級ダンジョン並みの難易度だと俺は言ったが、こりゃＳＳ級クラスのミッションだな。今のままでは俺が暇すぎて死んでしまうかもしれんぞ」

トレーニングを終えたカインは豪快《ごうかい》に笑いながら、スクワードが早く帰って来ないかと嘆《なげ》く日々が続く。

日課の訓練を終えた後、リビングのソファーに座るとアリスから届けられた手紙に目を通した。

この手紙はアリスからの報告書であり、今のオールグランドの状況が詳細に書き綴《つづ》られていた。

「俺がいない間にオールグランドがめちゃくちゃになってやがるじゃねーかよ」

カインはアリスからの手紙を忌々《いまいま》しそうに読み進めた。

「しかしあのハンスがどうしてここまで落ちぶれたんだ？　もしかして与えられた地位に目がくらんだのか？　それとも……金か？　いや女か？」

手紙にはハンスがどれだけ暴走しているのかが詳細に書かれていた。

「とにかく俺に見る目がなかったのは確かだろう。ハンスも昔は夢を持って、まっすぐに頑張《がんば》る奴だった筈《はず》なんだが……」

カインはハンスと出会った頃を思い返す。

カインはハンスが駆け出しのC級冒険者だった頃から知っている。

昔のハンスはS級冒険者になる事を目指してオールグランドに入団してきた。

新人の頃は粗削《あらけず》りではあったが実力もあり、向上心《こうじょうしん》も高く志《こころざし》も歪《ゆが》んではいなかった。

その後、B級冒険者になったハンスは短期間でA級まで駆《か》け上がってきた。

そして今のメンバー達と出会い、パーティーを組み直している。

そんなハンスをずっと見て来たからこそ、カインもハンスの才能を認め、もっと成長させるために信頼しているラベルにハンスを預けたのだ。

カインの狙い通り、その後ハンス達はたったの1年程でオールグランドでも2組しかいなかったS級冒険者パーティーへと成長してくれた。

「ハンス……お前本当に何があったんだ？　誰かに誑《たぶら》かされたとしか思えんぞ……　順調に成長していると思ったのによ。糞《くそ》ったれが!!」

カインは悔《くや》しそうに悪態《あくたい》をついた。

「そう言えば……手紙にはレミリアの事も書かれていたな。何やらきな臭《くさ》い動きをしているらしいが……まぁどちらにせよ、この件が片付いた後、全てを解明させてハンスにはそれ相応《そうおう》の責任を取って貰《もら》う必要があるな。この件は俺自身の手で終わらせねーと駄目《だめ》だ」

目をかけていた者を罰《ばっ》したくはないが、手紙に書いてある事が事実であるならハンスはもはや手遅れの状態。

その償《つぐな》いは必ずして貰うつもりだ。

当然、カインにも任命《にんめい》責任が発生する。

これは自《みずか》らの進退《しんたい》についても考えなければいけないだろう。

ハンスの愚行《ぐこう》はそれ程、重いと言わざるを得ない。

「後、アイツには謝《あやま》らないとなぁ……あいつがギルドから追い出されたのも全部ハンスをギルドマスター代理に任命した俺のせいだからな。俺が出来る償いはさせて貰う」

アリスからの手紙を読み終えたカインは体重をソファーに預《あず》け、天井を見上げる。

この件が片付いたら色々とやらないといけない事がありそうだ。

カインは大きくため息を吐《つ》いた。

だが今すぐギルドに帰る事は出来ない。

ギルドに帰るためには黒い市場を潰《つぶ》しておかなければならないからだ。

黒い市場に関する情報収集はスクワードが陣頭指揮《じんとうしき》を執《と》り、自分の部下の冒険者達を使い行ってくれている。

スクワードは優秀な男で、この手の裏仕事も得意としていた。

カインもスクワードに対して全幅《ぜんぷく》の信頼を置いており、情報収集は全てスクワードに任せている。

スクワードが動いている間は一切口を出すつもりはない。

スクワードもカインの性格は理解しており、数日に一回のペースで差し入れと手に入れた情報を持っては、カインの元に顔を出していた。

定期連絡という事もあるのだが、カインが爆発しないためのガス抜きという意味合いが大きい。

今日もスクワードは大量の酒とタバコ、そして食料を抱えてカインの隠れ家に訪れていた。

「スクワード、やっと来たか！　それでどうだ？　何か奴《やっこ》さんの尻尾《しっぽ》は掴めたのかよ？」

差し入れられた真新しいタバコを咥《くわ》え、カインはスクワードに問いかけた。

「あぁ、長い間辛抱《しんぼう》させたな。奴さんも用心深くてな、中々動きを見せなかったが、やっと分かったぜ」

「ふんっ、流石《さすが》はスクワードだ。それで黒い市場の狙いはなんだったんだ？」

スクワードとカインはお互いに笑い合う。

「奴らの狙いは【ドレール王国】で首都ストレッドの次に大きな都市、商業都市【サイフォン】で間違いない。今はせっせとサイフォンに多くの兵隊を潜り込ませているみたいだぞ」

「商業都市サイフォンねぇー。スクワード、サイフォンで一体何があるんだ？」

「そう聞いてくると思って、事前に調べている。サイフォンと言えば、来月に同盟国である海運国家【グランシール】の王族が出席する式典がある筈だ」

「そう言えばそんな式典があったな。なるほど……確かに臭いな」

「まだ確定という程の証拠は掴んでいないが、俺もその式典が襲われる可能性が高いと考えている」

スクワードは自分が掴んだ情報をカインへと伝えた。

「なるほど……少しずつ見えてきたな。サイフォンの式典を襲うためにギルド会議を襲ったっていう訳か。確かにその式典には毎回、護衛としてオールグランドに警備の依頼が来ていたからな」

カインは思い出したように手を叩いた。

「もしギルド会議で俺が殺されていたと仮定したなら、今は警備どころの話じゃなくなるだろう。この仮説で考えるなら一応筋《すじ》は通る。それでオールグランドは今回、警護の依頼を受けているのか？」

カインは自分の考えをまとめた後、スクワードに確認を取る。

「お前の読み通りだよ。ギルド会議でギルドマスターのお前が襲撃された事を式典の運営が知ったらしくてな、向こうの方が気を遣《つか》って、今回は違うギルドに警備の話が行っているみたいだぞ」

「やはりそうか」

「もし黒い市場の狙いが式典の襲撃と仮定するなら、大手で冒険者の数も多く層が厚いオールグランドが警備しないなら襲撃が成功する確率も上がる。黒い市場も全滅はしたが、ギルド会議を襲った甲斐はあったと考えているだろうな」

「ビンゴだな。そう考えると、今回はオールグランドが警備から外れたままの方が、俺達も動きやすくて都合がいいって事か」

カインとスクワードは同時に笑い合う。

「それでどうする？　ギルドに戻って手練《てだ》れの冒険者をサイフォンの街に送り込むか？」

「いや、大人数で動けば神出鬼没《しんしゅつきぼつ》で用心深い黒い市場の連中の事だ。俺達の存在に気付いて、そのまま逃げられるかもしれない。だから今回は極力少数で行こうと思う」

「お前がそう決めたならそれでいいが、人選はどうするつもりだ？」

「まずは俺とお前、それにお前の部下を呼び寄せて、臨時のパーティーを作るか！　それにアリスのS級パーティーに来て貰うってのはどうだ」

カインは腕を組み、楽しそうに作戦を練っていた。

「そう言えばアリスからの手紙に書いていたな。S級にも匹敵する末恐ろしいパーティーだったと……」

「おいカイン、一体なんの話だ？」

「よし決めた。関係はないがアイツ達も巻き込んでやろう。ついでに謝れるし一石二鳥だろ」

カインの悪そうな笑《え》みを見てスクワード察してしまう。

「おい……　あいつ等《ら》って……カイン、まさか!!　ラベルの事じゃないだろうな!?　おいっやめておけって。今回の件にラベルは関係ないだろう。俺達の問題でラベルやその仲間達が怪我でもしたら、お前はどう責任を取るんだ？」

スクワードは必死にカインを止めようと説得を開始する。

その理由はラベルがカインの悪だくみに巻き込まれた事を知れば、本気で怒ると分かっているからだ。

だからこそ必死にカインを止めようとしていたのだが、調子に乗ったカインはスクワードの忠告を無視し勝手に話を進めていく。

「お前が心配している事もちゃんと分かっている。だから最初に俺自身でアイツが作ったパーティーの実力を確かめるってのはどうだ？」

「実力を確かめるだと!?」

「それで実力が足りないと判断したら、この件はなしだ。わざわざ来て貰った報酬を渡して帰って貰う」

「じゃあ、もしお前が認めた場合は？」

カインは上機嫌に鼻を鳴らして笑った。

「当然、餌《えさ》をチラつかせて無理やりにでも協力させるんだよ」

「無理やり協力させるって言っても、相手はあのラベルだぜ。素直に協力しますって言う訳がないだろ？」

「ふふふ、なぁに、俺はあの【変態ポーター《ラベル》】が欲しがっている貴重なアイテムを持っているんだよ。そいつを餌に垂《た》らせばあの野郎はきっと喰いつくぞ」

「本気かよ」

「スクワード、すぐにアリスと連絡を取ってくれ。今から作戦を練り上げるぞ!!」

「はぁ〜。お前は言い出したら聞かない奴だからな。もしラベルに真相がバレて、お前がシバかれていても俺は絶対にフォローしねぇ〜からな!!」

スクワードはカインがこうなってしまった以上、もう止まらないと分かっていた。

なので後は保身のために行動するしかない。

「お前のせいで、もし俺までとばっちりを喰ったらどうするつもりなんだよ。……ったく！　ラベルが本気で怒ったら本当に怖えぇんだからな。言っておくが俺は止めたんだからな」

スクワードはラベルが怒る姿を想像し、身を震《ふる》わせ肩を落とした。

一方、カインのテンションは更に上がっていく。

「俺があいつと一緒に何かやるのって何年ぶりだ!?　へへへっ、こいつは楽しくなってきやがったぞ!!」

ずっと隠れ家に身を隠しづつけて、自己鍛錬を続けていたカインは、ストレスが溜まり暴れたくて仕方がなかった。

ストレスで爆発寸前の今のカインを止める事は、もう誰にも出来ない。

第十章　リンドバーグの戦い

最近のリンドバーグは疲《つか》れ果てていた。

その原因は、ハンスから預かっていたオーダーメイド装備の前金をレミリアに奪われたからだ。

それに先日、ギルド会館でハンスがやらかした愚行の後処理の疲労《ひろう》も重なり、リンドバーグは心身ともに限界に達しようとしていた。

当然、本来ならとっくに発注している筈のオーダーメイド装備の注文も、いまだに出来ていない。

「はぁ、今日も朝がやって来たか。うっ、また胃が痛くなってきた……」

リンドバーグは突然襲ってくる胃痛を和らげるために、薬師から処方して貰った胃薬を飲み干した後、拒絶する身体に鞭《むち》を打ってギルドホームに向かう。

最近のリンドバーグは何処にいても心休まる場所はなく、憂鬱《ゆううつ》な日々を過ごしていた。

ハンスの腹心という事はギルド内で周知されているため、ギルドホームではギルドに所属している仲間達からハンスの事で嫌味《いやみ》を言われたりもする。

だがそれはまだいい。

最もリンドバーグを苦悩《くのう》させていたのは、ハンスの恋人であるレミリアの存在だ。

レミリアはあの日以来、リンドバーグを見つけると笑みを浮かべて近づいて来る様になっていた。

そして必ず金を要求して来るのだ。

今のリンドバーグは、ハッキリ言ってレミリアの金づると化していた。

今日も運悪く、リンドバーグはレミリアに見つかってしまう。

「あら、リンドバーグじゃない」

気さくに声を掛けてくるレミリア、しかしリンドバーグの方は目を合わそうとしない。

既にこれから起こる事がもう分かっているので、この場から逃げ出したくて仕方がないのだ。

「レミリア様、おはようございます。私は私用がありますので、申し訳ありませんが失礼します」

リンドバーグはすぐに立ち去ろうとしたのだが、レミリアは離してくれなかった。

「ちょっと待ちなさい。つれないじゃない。私達は運命共同体なのよ」

「なっ、何を言っているのですか!? こんな人が多い場所で、そんな言い方をして誰かに聞かれて勘違《かんちが》いでもされたらどうするつもりですか!!」

「あら、嘘じゃないからいいじゃない。なんなら本当に2人で……」

レミリアは狡猾《こうかつ》な女性であった。

周囲に人がいる時といない時を見極めて、リンドバーグに対して接し方を変えている。

わざと周囲に聞こえるような大きな声でしゃべり、周囲の者達を巻き込む事さえあった。

とにかく状況に合わせて色々な手を使い、絶対にリンドバーグを離してくれない。

まさに蛇《へび》のような女性だとリンドバーグは感じていた。

「それで用件はなんです？ 先に言っておきますが、お金なら無理ですからね」

捕まってしまっては仕方ないと諦め、防衛手段としてリンドバーグは先手を打つ事にした。

「実はまた欲しい物があるのよ。今度は自分のお金も出せるから金貨10枚だけ貸して欲しいの」

レミリアはリンドバーグの話を聞いておらず、必死の抵抗は全く通用していない。

「だから、お金は無理ってですって、今まで幾ら渡したと思っているのですか!?」

「たかが金貨10枚じゃない。安心しなさい。すぐに返してあげるから」

「そんな事を言ったって、今まで渡した分も全然返してくれていないじゃないですか!?」

「うふふ……今度は本当よ。お願いだから」

「嫌です。絶対に駄目ですって!!」

レミリアは毎回こんな感じで、小出しに金を要求するようになっていた。

リンドバーグも毎回、必死に抵抗はするのだが……。

「じゃあ、もういいわ。オーダーメイド装備の資金を貴方が盗んだ事をハンスに話しに行くから」

「なっ!? それじゃあなたも共犯になるんですよ。自分のアクセサリーを買うために使ったくせに馬鹿《ばか》な事を言わないでください」

「私は大丈夫よ。もう手は打っているから、もしバレても困るのはリンドバーグ、貴方だけだから、なんなら本当に今から一緒にハンスの元に行きましょうか？」

リンドバーグは耳を疑った。

知らない間にレミリアはリンドバーグ１人に横領《おうりょう》の罪をなすり付けようとしていたのだ。

この女なら本当にやりかねない。

リンドバーグは全身から大量の冷や汗を流し、脱出する事が出来ない絶望へと落とされていた。

「……今回だけですからね」

そして絞り出した言葉は敗北の言葉だった。

レミリアの方がリンドバーグよりも数枚上手《うわて》であり、リンドバーグはその後も為《な》す術《すべ》もなく金貨を奪われ続ける事となる。

◇◇◇

ある日、リンドバーグはハンスから預かっている金貨の残り枚数を数えた。

「はぁ～。もう金貨が700枚しかない。俺は一体どうすれば……？」

最初は1000枚あった金貨の内、既に300枚の金貨がレミリアに吸い取られていた。

リンドバーグが金貸しから借金をしたとしても、借りる事が出来る金貨の枚数は精々《せいぜい》30枚程度で、どんなにあがいたとしても不足分を補う事は出来ない。

「ぐぅぅ……この事がハンス様にバレる前にどうにかしないと……」

尊敬しているハンスが貯めた大切な金をあの悪女に吸い続けられるのが悔しかった。

リンドバーグはいつまで、この苦悩を耐えれば終わりを迎えるのだろうかと嘆く。

そんな時、リンドバーグはハンスに呼び出される。

急な呼び出しを受ける度に、リンドバーグは恐怖を覚えるようになっていた。

それはあのレミリアという女性がどんな行動を取るか全く予想がつかないからだ。

リンドバーグは怯《おび》えながらも勇気を振り絞って執務室に顔を出す。

幸いにも執務室にはハンス1人しかいなかった。

ただそれだけの事なのだが、リンドバーグは安堵《あんど》の表情を浮かべる。

「よく来てくれた。今日はお前に頼みたい事があって呼ばせて貰った」

執務室の机で書類を処理しながら、ハンスはリンドバーグに用があると告げる。

「ハンス様、頼みというのはどういった事でしょうか？」

「実はそろそろアイテムの補充などの準備をお前に始めて貰いたい」

「アイテムの補充ですか？」

「そうだ。各種ポーションや灼熱《しゃくねつ》や寒冷など数多い階層試練《フロアギミック》に対応した装備も用意しなければいけないからな。今回はあの忌々しいシャルマンが口を出してくる可能性が高い。だから前みたいにギルドの備品を使えないだろう。なら今のうちに自分達で用意した方がスムーズに準備が進む」

「なるほど……確かに、階層試練対応の装備は急に用意できる代物《しろもの》ではございませんので、今の内に用意しておく方がいいでしょう」

「それでだ、お前にはまず予算書の作成をして欲しい。必要な経費を算出し提出してくれ。目を通して不備がなければそのまま購入の準備に入る」

「はっはい!!」

リンドバーグはこれはチャンスだと考えた。

アイテム購入費用で不足分の３００枚を捻出《ねんしゅつ》できれば、装備の発注も同時に出来るかもしれない。

しかし問題がない訳でもない。

最大の問題はあの悪女レミリアの存在だ。

今回の事は絶対にレミリアに見つかる訳にはいかない。

あの女に感づかれる前に全てを終わらせるしかリンドバーグが助かる道はないだろう。

（絶対にやり遂《と》げてみせる）

リンドバーグはそう決意するとすぐに動きだした。

「それでは準備をいたしますので、これで失礼します」

「あぁ任せたぞ」

リンドバーグは執務室から出るとまずは自分の家に帰る。

そしてすぐに予算書の作成に着手した。

「予算書は今日中に必ず完成させる！　そして明日の朝に提出すれば、あの人に気付かれる前に出し抜けるかもしれない!!」

抜け出せない蟻地獄《ありじごく》にいた自分に差し伸べられた一本の細い糸。

その糸をリンドバーグは手離すつもりはない。

「相場はずっと調べているんだ。単価を適正範囲内でギリギリ高めに表記して、使用する個数を増やして予算書の辻褄《つじつま》を合わせれば……」

胃に穴が開くほど苦しい日々から抜け出すため、信じられない速度で予算書を作り上げる。

その熱意は凄まじく、たった数時間で予算書の概算が完成されていた。

それだけリンドバーグが必死だったという証明でもある。

「これで後は実際に購入する時に商人に値下げを頼めば……金貨３００枚は無理だが、近い所までなら補う事が出来るぞ!!」

出来上がった予算書を何度も見直しながら、リンドバーグは達成感に身をゆだねていた。

今の時刻を確認してみるとまだハンスが執務室にいる時間でもある。

「ハンス様がまだ仕事をしている時間だな……今から行ってみるか」

今のリンドバーグはハッキリ言ってかなり追い込まれていた。

一分一秒でも早く執務室に向かい、この予算書を通す必要がある。

そのために執務室に向かうと、リンドバーグは心を落ち着かせドアをノックした。

「誰だ？」

執務室の中からハンスの声が返って来る。

予想通り、ハンスは執務室にいてくれた。

（あと少しだ）

リンドバーグは心の中で叫ぶ。

「リンドバーグです」

「どうした？　入って来ていいぞ」

「失礼します」

意気揚々《いきようよう》と執務室に入ったリンドバーグは、絶対に会いたくない人物と遭遇《そうぐう》してしまう。

執務室にいた人物と目が合った瞬間、身体が固まって動けなくなっていた。

リンドバーグの視線の先はハンスの隣に立つレミリアに向けられていた。

「どうした？」

ハンスがリンドバーグに用件を問いただす。

リンドバーグも正直に言いたいところであったが、レミリアに悟《さと》らせる訳にはいかないため、嘘を吐いてこの場を乗り切り別の日に仕切り直しをしようと考えた。

「いえ。今執務室の前を通りかかったのですが、扉の隙間から光が見えておりましたので、ご挨拶だけして帰ろうと思って声を掛けただけで、特に用事という訳では……」

リンドバーグは咄嗟《とっさ》に機転を利かせ、違和感のない嘘を付いた。

「そういう事か、俺ももうすぐ帰るところだ」

「お疲れ様です。それじゃ、私もそろそろ……」

リンドバーグがそう言った瞬間、背後に気配がした。

「リンドバーグ、その大事そうに抱えている書類は何？」

なんとレミリアが気付かない内に背後にいたのだ。

(どういう事だ？　さっきまで目の前にいたのにっ!?)

リンドバーグの全身からは一瞬で大量の汗が流れていた。

気付かれては駄目だと本能が最大限の警戒音を鳴らしている。

「いえ、なんでもありません。これは私用の書類です」

「でも予算書って書いてあるじゃない？　次に行うダンジョンアタックの書類じゃないの？」

(目ざとい!!)

リンドバーグは抜け目のないレミリアという女性を心底怖いと感じた。

(ここでバレたらもう終わりだ。きっとこの金も全て吸い取られてしまう)

「流石はリンドバーグだな。もう出来たのか。俺がレミリアと一緒にいるからといって気を遣ったって訳だな。レミリア、それは俺が依頼していたものだ。リンドバーグ持って来い」

何とか誤魔化《ごまか》そうと努力をしてみたのだが、ハンスにバラされたのでもう隠している意味はない。

仕方なく、リンドバーグは作成した予算書をハンスに手渡した。

「ふむ、良く出来ているな」

ハンスは真剣にリンドバーグが作成した予算書に目を通していく。

「やはり、階層試練対応の装備は値が張るな。ふむ……これぱっかりは仕方がないか……」

ハンスは予算書に目を通しながら、独り言を呟《つぶや》いている。

「リンドバーグ、ポーションの数は全体的にもう一割程度は増やしておけ。前回の消費量から考えるとこれでは心もとない」

「あっ、はい！」

そう言いながら、ハンスはリンドバーグが作成した予算書に記載の数量を書き換えていった。

「計算し直すと必要な金貨の枚数は全部で６００枚か、半分以上が階層試練対策の装備の代金だが、これがなければ潜れんからな。この位ならまだ予算に余裕はある」

ずっと独り言を言っていたハンスが考えをまとめ、リンドバーグに声を掛けた。

「リンドバーグ、この予算書でいく。すぐに準備を始めてくれ。金はどうする？　今渡せるが？」

「えっ？」

リンドバーグは驚きの声を上げる。

聞き間違いではないなら、今すぐ予算を渡してくれるとハンスは言った筈だ。

「どうした。明日にした方がいいのか？」

やはり聞き間違いではなさそうだ。

一瞬だけ考えたリンドバーグだが、ついに覚悟を決める!!

「それでは今から予算金を預からせて頂きます」

ハンスが机の鍵付きの引き出しを開き、中から金貨が入っている袋を取り出した。

一袋に金貨が100枚入る袋を6つリンドバークに渡す。

「金貨の枚数は一応確認しておけよ。後から足りないと言われても出さんからな」

「あっ、はい！　確認させて頂きます」

リンドバーグはハンスから金を預かり、枚数をチェックしていく。

金貨はちゃんと600枚あった。

その金貨が入った小袋を更に大きな袋にまとめ、大事そうに抱える。

「大金じゃない。頑張ってね。リンドバーグ！　変な人に奪われないように気を付けるのよ」

ずっと無言でやり取りを見ていたレミリアが笑顔で恐ろしい言葉を掛けて来た。

その狂気《きょうき》に満ちた笑顔が余りにも怖く、ずっと冷や汗が止まらない。

(この人、絶対にこの金を奪いに来る気だろ!?　今回は絶対に渡さないからな)

そう決意したリンドバーグは動き始めた。

「レミリア様、お気遣いありがとうございます。それでは準備にかかりますので、失礼します」

リンドバーグは逃げるように執務室から退室した。

この軍資金から不足分を補い、今度こそオーダーメイドの装備を発注するつもりでいた。

しかし既に日は落ちており、今から【アドバンス工房】に向かったとしても店は閉まっている。

結果、どんなに急いだとしても動けるのは明日からだ。

リンドバーグは自宅に戻ると全ての金をかき集め、ハンスが作った注文書を抱えて家から飛び出した。

夜の間にレミリアがこの部屋に来るかもしれない。

今晩は軍資金を持って何処かに身を隠した方がいいと判断したのだ。

「私はもう二度とレミリアだけ《あのひと》には負けたくない」

リンドバーグはあの時、レミリアの押しに負け、金貨を渡した事を本当に後悔していた。

だからこそ今回は絶対に負ける訳にはいかない。

相手は女性だと言っても自分よりも実力が高いS級冒険者。

もし本当に襲われれば実力では敵う訳もなく、金貨を守り抜く事は出来ないだろう。

勝てないと分かっているなら、逃げ回っても構わない。

そのためには狡猾なレミリアを出し抜かねばいけない。

突如《とつじょ》、リンドバーグの戦いが幕を開ける事となる。

◇◇◇

リンドバーグは街中に飛び出すと、大きな宿屋の一室を借りて夜を過ごした。

宿で一夜を過ごしたリンドバーグは、日が昇ると共に移動を始める。

向かう先は勿論《もちろん》アドバンス工房だ。

早朝、街道には夜明けと共に多くの人達が動き出していた。

日が昇ってから、たった30分程度で街は活気に満ち溢れ賑わい始める。

その人ごみに紛れ、リンドバーグはアドバンス工房の近くまで移動していた。

時間的に言えばもうすぐ店が開く時間なので、人ごみに紛れこのまま店が開くのを待つつもりだ。

しかしリンドバーグが身を隠したまま様子を見ようと、少し離れた場所から店の入り口付近を見た瞬間、自分の心臓が掴まれたような衝撃を受ける。

「レッ、レミリア様⁉」

なんとレミリアが入り口の傍《そば》を歩いていたのだ。

誰かを探している様子で何度も何度も周囲を見渡している。

「ヤバい、完全にこちらの行動を読まれている⁉」

リンドバーグは大きく動揺していた。

「もし店が開いて飛び込んだとしても、レミリア様なら必ず邪魔をしてくるに違いない」

こうなれば、なんとしてもレミリアをこの場所から引き離す必要があった。

咄嗟にリンドバーグは策《さく》を練る。

すると目の前を定期運送用の馬車が走っているのに気付いた。

この馬車は首都の中を決まったルートで走り回っており、人々はお金を払えば乗車でき、目的地まで連れて行ってくれる。

リンドバーグはこの馬車に飛び乗ると一番後ろへ移動した後、目立つように立ち上がり周囲に視線を向けた。

すると店の前を通り過ぎる最中に、レミリアと目が合った。

リンドバーグは何気ない様子で頭を下げると、座席へ座る。

レミリアは何やら悔しそうな顔をしていたようにも見えた。

その後、少し離れた場所で料金を投げ渡し、馬車から飛び降りた。

「あの人の事だ、まだ近くにいるかもしれない」

周囲に注意しながら、慎重に店の傍まで来てみたがレミリアの姿はなかった。

一応、壁面の窓から店内の様子を窺ってもレミリアの姿は確認できない。

レミリアはリンドバーグが馬車に乗って逃げ出したと思ったのだろう。

「チャンスだ。今を逃したら二度とチャンスはない!!」

覚悟を決めたリンドバーグが店に飛び込むと、すぐに店員に声を掛けて店長を呼び出した。

幸いにも店長は店におり、すぐに会ってくれた。

「すみません。ハンス様の指示で装備の注文をお願いに来ました！」

「あぁ、だいぶ前に聞いたやつだな。もう来ないと思っていたが……依頼書を見せてみろ」

店長はドワーフ族だった。

この世界の八割は人間だが、残り二割は様々な種族の者達である。

ハンスのパーティーにもシャーロットと言うエルフがいた。

街で生活する他種族の者達は、人族より優れた能力や特性を持っているので、多くの者達は自分の能力が役に立つ様々な分野で活躍をしていた。

「前金は持って来ているのか？　金貨１０００枚だぞ」

依頼書を確認した店長の言葉に従い、リンドバーグは袋から金貨１０００枚を取り出した。

店員が金貨の枚数を確認し、１０００枚ある事が認められる。

「よし、依頼は承《うけたまわ》った、後は俺達に任せてくれ。完成に3ヵ月位は必要だと伝えてくれ。それと完成した装備の残金は金貨もう1000枚と交換になるからな」

「分かりましたお伝えします」

リンドバーグは店長から依頼の受領書を受け取った。

「やった！　俺はついに解放されたんだ」

リンドバーグは歓喜に震えた。

これでやっとレミリアに怯える日々から解放されると。

「リンドバーグ。ここで何をやっているのかしら？」

店を出た瞬間。突然声を掛けられた。

振り返るとそこにはレミリアが立っていたのだ。

「レッ、レミリア様」

「うふふ、丁度良かったわ。私欲しい物を見つけておいたの。買って貰えないかしら？」

レミリアはいつもの調子で、当然とばかりにねだってきた。

「レミリア様、失礼ですが私はこれ以上ハンス様を裏切れません。装飾品が欲しいのであるならハンス様に直接ねだってください」

「ハンスって意外にケチなのよねぇ」

「それは私には関係のない事です。それでは失礼します」

相手のペースに合わせる必要はない。

リンドバーグはそう言い捨てると、その場から立ち去ろうとした。

「いいの？　ハンスにあの事を言うわよ？」

素直に言う事を聞かないとリンドバーグに対して、レミリアお得意の脅迫《きょうはく》が始まる。

リンドバーグが視線を向けると、レミリアは既に勝ち誇った表情を浮かべていた。

しかしレミリアはすぐに違和感に気付く。

普段のリンドバーグならバレる事に怯え、オドオドしていた。

しかし今のリンドバーグの表情には怯えた様子が全く見当たらない。

「いいですよ。言いたければ言ってください。では失礼します」

リンドバーグは毅然《きぜん》とした態度を見せつけ、自分の気持ちをハッキリとレミリアに伝えると、その場から走り去っていた。

「俺には時間がない。今からが本当の勝負だ」

リンドバーグは残る金貨300枚を握り締め、商店街に向けて走って行く。

◇◇◇

翌日、リンドバーグはハンスから執務室に来るようにと呼び出されていた。

リンドバーグは昨日から一睡もしていない。

レミリアが動き出す事は予想済みであり、寝ずに対策を練っていた。

リンドバーグは覚悟を決めて、ハンスの執務室に向かう。

ドアをノックし執務室に入ると、重い雰囲気が流れていた。

怒りに満ちたハンスとその横で口角を吊り上げているレミリアを見れば、察するのは容易《たやす》い。

「リンドバーグ、俺は失望したぞ。まさかお前が、俺が渡した金を横領したうえに、レミリアにまで手を出そうとしていたとはな!!」

「一体なんの事でしょうか?」

リンドバーグは平然とそう言ってのける。

「とぼけても無駄だ。俺はレミリアから全て聞いているんだぞ。お前は装備の前金から高いネックレスを買ってレミリアに無理やり受け取らせ、身体の関係を迫ったみたいじゃないか?」

ハンスは怒りに任せ、執務机を叩いた。

「ハンス様、馬鹿な事を言わないでください。私がそんな事をすると思っているのですか?」

「なら装備はちゃんと注文できているんだな?」

「勿論でございます。昨日は進捗《しんちょく》の確認でアドバンス工房に行って来ました。納期は3ヵ月で後払いで追加に金貨1000枚が必要との事です」

「ふん。どうせ俺が昨日渡した、アイテム購入用の金を流用して買ったんだろ? その位は分かっているんだぞ」

「滅相《めっそう》もございません。ならこれをご覧ください。アイテムの購入確約書でございます。昨日の内に予定のアイテムの購入は済ませています」

「うっ、嘘でしょ。リンドバーグ、アイテムを買うお金はどうしたのよ?」

レミリアは驚いていた。

リンドバーグは商人と交わした確約書をハンスに手渡した。

その中には勿論アドバンス工房から預かった受領書も付けている。

「ふむ。確かに装備もアイテムも買えているようだな。ではレミリアに手を出した事は？」

「それは私を信じて貰うしかありません。私の事はハンス様が一番理解してくれている筈です」

これは賭けだった。ハンスと今日まで築き上げてきた絆をリンドバーグは信じた。

ハンスは無言でしばらく考え込んだ。

「もういい、これで話は終わりだ。今後は紛らわしい行動を取るなよ」

リンドバーグはついにレミリアに勝つ事が出来た。

「分かりました。以後注意します。では私はこれで」

リンドバーグがレミリアに視線を向けると、レミリアは苦渋《くじゅう》の表情で悔しそうに睨《にら》みつけてくる。

その表情を見ただけで、リンドバーグの胸はスッと晴れ渡り、ずっと痛み続けていた胃の痛みも綺麗に消え去っていた。

（これで本当に解放されたぁぁぁ）

実はリンドバーグは装備の契約を済ませた後、自分の貯金と借りれるだけの金貨を借金したうえで何店舗もの商店を渡り歩き、持ち金だけでなんとかアイテムを買い揃える事に成功したのであった。

今回の事でリンドバーグは貯金もなくなり、借金を作る事にもなったが、レミリアという悪女の手から逃れられた事は僥倖《ぎょうこう》であった。

レミリアから大金を奪われ、どうしたらいいかと苦悩した日々は、要望通りの装備やアイテムを用意する事が出来た事で終わりを告げる。

今日からはレミリアに怯える事もなく、ハンスのために頑張っていける。

リンドバーグはそう思っていた。
しかし事態はおかしな方へ向かって行く。
それから数日後、突然レミリアの姿を見かけなくなったのだ。

第十一章　商業都市【サイフォン】へ

ある日、オラトリオのギルドホームにアリスがやって来た。

アリスは一緒にダンジョンに潜った後も、ちょこちょこと俺達のギルドホームに顔を出してくれている。

俺が気付いた時にはリオンとダンともかなり仲良くなっていた。

「こんにちは～いますか？　って、いたいた!!　えへへ、ラベルさん、お久しぶりですー」

「アリスか、久しぶりだな」

「アリスさん。お久しぶりです」

「アリス姉ちゃん。元気してた？」

アリスは気さくにリオン達と挨拶を交わした後、俺の傍まで駆け寄って来た。

俺を見つめるその大きな瞳は何かを訴えている気がする。

「今日は休養日でダンジョンには潜らないぞ。もしダンジョンに潜りたいのなら、悪いがまた明日に来てくれないか？」

「ううん、今回はダンジョンに潜りたいから来た訳じゃないの。実はちょっとしたお願いがあって来たんだけど……」

アリスは俺の顔色を窺いながら申し訳なさそうにしている。

俺を見つめてきたのはお願いがあったからみたいだ。

「お願い？　俺達に？　まぁ……アリスとは知らない仲でもないから、俺達で出来る事なら協力してやってもいいけど」

「えっ、本当!?　やったー」

アリスは跳びはねて喜んでいる。

「おい、まだやるって言ってないだろ？　まずはどんなお願いか話してくれないと」

「あっ、そうだよね」

頭をかきながらアリスは俺達にお願い事を話し出した。

◇◇◇

首都【ストレッド】の北には首都の次に大きな商業都市【サイフォン】がある。

近々そのサイフォンで、俺達が住んでいる【ドレール王国】の同盟国である。海運国家【グランシール】の王子が参加する大きな式典が行われるらしい。

その式典に露店を出す商人が今回の依頼主で、ストレッドからサイフォンまで移動する間の護衛任務を手伝って欲しいというのが、アリスの頼み事だった。

大量の荷物を運ぶ商人達は、移動速度も遅いこともあり盗賊などの格好の獲物として頻繁《ひんぱん》に襲われていた。

商人は命を懸《か》けて商品を運ぶ分、見返りとして大きな利益を得ている。

そのためギルド会館の壁には、多くの護衛の依頼書が貼り付けられていた。

だが冒険者の中には護衛任務を嫌う者が一定数存在する。

護衛任務は人を選ぶ任務で、一度経験した後はふるいに掛けられ、ふるいから落とされた冒険者は二度と護衛任務を受ける事はない。

「護衛の任務ねぇ……なぁアリス、お前が今入っているパーティーの方で、その依頼を受けたりしないのか？」

俺の記憶が間違っていなければ、アリスは確か別の街でもってパーティーに入っていると言っていた筈だ。

ならばアリスが受けた依頼は、自分が所属しているパーティーで依頼をこなすべきだろう。

「いやー、仲間からは遠いから嫌だって言われちゃって……」

アリスは言い辛《づら》そうに話し出した。

「一度は話してみたんですけど誰も協力してくれないんですよ。それに報酬《ほうしゅう》が良かったから……実はもう依頼を受けちゃったんですよねぇ～。あははは、ラベルさん、どうしよう……」

真実を告げ終わったアリスは、いつの間にか泣きそうな顔に変わっていた。

それだけ焦《あせ》っていたのだろう。

多少は気になる部分もあるが、アリスが悪い奴じゃないのは今日までの付き合いで分かっているし、正直に言えば依頼を受ける事自体は構わないと感じた。

しかし俺達の方にも懸念事項《けねんじこう》がない訳ではない。

リオンは去年の繁殖期《はんしょくき》は商人の護衛に付いていたと言っていたので、経験済みと考えていいかもしれないが、ダンにとって今回の相手は相性が悪い可能性がある。

それは、一定数の冒険者が護衛任務を受けない理由そのものだからだった。

「えっとね。それに行きと帰りの護衛の時間以外は自由行動も出来るみたいだから、みんなで観光も出来るよ」

アリスは俺の懸念を他所《よそ》に、身振りを交えながら依頼を受けて貰えるようにアピールを続ける。きっと俺達に断られたら頼る人がいないのだろう。

「それに、滞在中の宿代は依頼主持ちだし！　あと露店もたくさん出るから絶対に楽しめるから!!」

「たくさんの露店!?」

「俺、ストレッド以外の大きな街には行った事ないから行ってみたいかも！」

露店という言葉にリオンが喰いつき、ダンの方は首都以外の大きな街に興味がある様子だ。

「うんうん。リオンちゃんには新しい装備とか可愛らしい服、ダン君も孤児院《こじいん》の子供達に土産話《みやげばなし》や色んなお土産を買って帰れるよ」

既に2人はアリスに釣り上げられている感じだ。

しかし2人はこの護衛の依頼がどういうものか分かっていない。

俺の心配は、護衛任務を受けた俺達が今回戦う可能性がある敵が、俺達と同じ人間だという事だった。

「ラベルさん、この依頼を絶対に受けるべきだよ!!」

「なぁー受けようぜ。アリス姉ちゃんも困っているじゃん」

自分達がサイフォンに行きたいだけだろ？　と思わなくもないが、行きたそうにしている2人の気持ちも汲《く》んでやりたい。

アリスも俺達の実力を認めてくれているからこそ声を掛けて来てくれた訳であり、ダンも新人とはいえ冒険者であるなら、一度位は護衛という依頼を体験した方がいいだろう。

それに俺がいる今なら出来る限りのサポートもしてやれる。

だがアリスの頼みを受けるにしても、まずは2人にしっかりと確認し、自覚させないと駄目だ。

「俺は何度もこういう護衛依頼を受けているから、大丈夫だが……ダン、お前はもし戦闘になったら誰と戦うのか？　ちゃんと理解しているのか？」

「えっなに⁉　誰が敵なのかって事……あっ」

ダンは俺の伝えたい事に気付き、ゴクリと息を飲み込む。

もし戦闘になったら戦う相手は魔物ではなく人間なのだと、ダンはやっと理解したのだ。

生半可《なまはんか》な覚悟では返り討ちに遭《あ》うだけだろう。

俺は確認のため、リオンにも声を掛けた。

「リオンは大丈夫なのか？」

「うん。私は去年、護衛の依頼を受けて何度か盗賊と戦っているから大丈夫」

「俺だって大丈夫だ‼」

ダンは俺の予想を裏切り、怯えなど見せなかった。

「2人には話していなかったけど、孤児院には捨て子だけじゃなく、村を襲われて両親を殺された子供達もいっぱいいるんだ」

ダンは悔しそうな表情を浮かべると拳を強く握る。

「俺は弟達から何度も聞いている、盗賊は笑いながら人間を殺すんだって。だからあいつ等は人間じゃない。俺はもし戦う事になったとしても絶対に怯えたりはしないよ」

ダンは俺の目を見つめ力強く答えていた。

別に今すぐこの依頼を受けなくても、リオンとダンは大きく成長してくれるだろう。

しかし才能豊かな2人の事だ。

この先、大きく成長すれば周囲りの人間達から嫉妬《しっと》され、最悪の場合は策謀《さくぼう》に巻き込まれるかもしれない。

そんな時に、敵対する人に対して攻撃が出来ないのは致命的だ。

今回はダンもやる気を見せている。

ならば俺は先を考えて、この依頼を受けた方がいいだろう。

それでもし2人が人間と戦う事となり、戦闘によって人間の命を奪う事になったとしても、心に大きな傷がつかないように俺がしっかりとフォローしてやればいいだけだ。

「ダン、勇気があるのは良い事だ。しかし本来なら人間への攻撃に抵抗を感じなければいけない」

「うん」

「だけど今の時代、悪党を野放しにしていたら、ダンの言う通り孤児が増えるだけだ。心を強く持って、敵を見極め戦う相手を間違えないようにしよう。大丈夫、今回は俺が絶対に2人に間違った事はさせない」

「うん、私はラベルさんを信じているから」

「俺もラベルさんに付いて行くだけだぜ」

リオンもダンも俺が言いたい事は分かってくれたようだ。

後は俺が約束を守り、２人に間違いを起こさせなければいい。

俺達のやり取りをアリスは無言で見守っていた。

ただ不思議な事に何故かアリスが見つめる視線に俺は熱を感じていた。

「アリス。こっちの意見はまとまったぞ。後は依頼の詳細と成功報酬の内容を話してくれ、分配が適正なら俺達も協力しよう」

「やったー。ありがとうラベルさん」

話を聞くと依頼主は俺も知っている首都にある中堅クラス商会だ。

手広く商売をやっているとも聞いているし、あの商会の依頼なら報酬の不払いもないだろう。

内容は最初に聞いた通りで、行きと帰りの荷馬車の護衛が主な任務だった。

ただ俺達4人だけで24時間態勢の護衛をする事になるので、時間の配分には注意が必要だ。

アリスの話が本当なら報酬も良く、断る理由は特に見つからない。

俺は乗り掛かった舟という事もあり、その依頼を共同で受ける事を承諾《しょうだく》した。

◇◇◇

護衛任務の当日、俺達は待ち合わせの北門に集合していた。

この北門の前にある道を進んで行けば最終的には商業都市サイフォンにたどり着ける。

俺達が北門に到着して数分後、アリスが依頼主の商人を連れて荷馬車と共にやって来た。

「今日はよろしくお願いします」

「こちらこそ、よろしくお願いします。サイフォンまでは片道5日程掛かる予定です」

「分かりました」

「最近、私達、商人が通る街道で盗賊が出没するという情報が入って来ています。私達の前にも現れる可能性があるので、十分警戒をしてください」

「はい、お任せください」

依頼主と軽い挨拶をした俺達は、さっそく馬車の護衛任務を開始する。

馬車は全部で三台あり、商品が山積みされている状態だった。

馬車の速度は歩くよりも速い程度なのだが、並走して護衛するには少し速度が速い。

俺達が話し合った結果、先頭と最後尾の馬車に2名ずつ分かれて乗車する事となった。

近接戦が得意な剣士のアリスとリオンが二手に分かれ、援護が出来る俺とダンがそれぞれのサポートに付く。

最前列の馬車には俺とリオン、そして最後尾の馬車にダンとアリスとなった。

配置を決めた俺達が馬車に乗り込んだ事で、三台の馬車はゆっくりと街道を進み始めた。

都市の近くは人通りも多く人目に付くため、盗賊が襲って来る事はない。

注意するのは人通りも少なくなってくる数日後だろう。

「ダン、この辺りは人気《ひとけ》も多いから、襲って来る可能性は少ない。ずっと気を張っていたら身体が持たないから、適度に気を抜けよ」

「うん」

ダンジョンではいつ何処から魔物に襲われるか気を張っておく必要があるが、護衛の場合は違う。

襲って来る相手が同じ人間という事で相手も考えているのだ。

なので襲われる場所にも条件があったりする。

逃げ辛い地形や、人通りが少ない場所などがそうだ。

いつもはふざけているが、ダンは真面目な性格をしているので、俺が見ている限り、敵が出ない場所でも真面目に警戒し続けていた。

「うん、良い経験だ。夜になったら教えてやろう」

口で伝えるだけじゃ伝わらない事が多い。

ちゃんと体験させた後に伝えれば教えられた者の理解度も格段に上がるのだ。

俺の予想通り、1日目は特に何もなく過ぎ去った。

夜警《やけい》も昼間と同じメンバーで行う事となり、4時間毎のサイクルでダン達と交代する。

交代の合間に俺はリオンとダンに護衛の注意点などを話した。

昼間に護衛任務を体験しているだけに、2人共イメージしやすかったに違いない。

その後、俺とリオンは夜警を始める。

俺はリオンと周辺警戒しながらも時折、雑談に興《きょう》じたりしていた。

さっきも言った事だが、俺の方からリオンのガス抜きが出来る時間を作っていく。

「どうだ。警護任務はダンジョンアタックとかなり違うだろ？　疲れてないか？」

「うん。護衛任務は久しぶりだし新鮮で楽しいよ」

「冒険者の中にはダンジョンにあまり潜らず、こういった民間の依頼を受けて生活している奴らもいるんだぞ」

「その話はどこかで聞いた事があるかも」

「人には得手不得手《えてふえて》があるからな、リオンも今の内に色んな事にチャレンジして自分は何が得意で何が苦手なのかを把握しておいた方がいいぞ」

「ラベルさん？」

「今なら失敗しても俺がフォローしてやれるからな。勿論ダンジョンに潜りたくなくなったなら、遠慮しないで俺に言ってくれ」

俺は未来があるリオンやダンには好きな事をやって欲しいと思っている。

もしオラトリオから抜けたいと言われれば、笑顔で送り出すつもりだ。

「うん。ありがとう……でも私はオラトリオのメンバーとして、この先もずっとラベルさん達とダンジョンに潜り続けていくと思う……」

どうやら口に出さなくても俺の気持ちは伝わっていたようだ。

リオンは自分の胸の前で手を握ると目を閉じる。

その仕草は俺と出会ってから今日までの出来事を思い返しているようにも見えた。

「ううん。やっぱり思うとかじゃなくて、私はこれからも3人で作ったオラトリオを、ラベルさん達と一緒に育てていきたいの」

「ありがとうな」

リオンの言葉はとても温かく、オラトリオの事を本当に大切に思う気持ちが俺にも伝わる。

「うん。だって私はこれからもずっと、ラベルさんと一緒にダンジョンに潜り続けたいから」

「俺も同じだよ」

「私がパーティーメンバーから捨てられた時にラベルさんが私に声を掛けてくれた事、その時に差し出してくれたこの手の温かさを私はずっと忘れない」

俺の手を握り、リオンは照れたように笑っている。

「そうだな。俺もあの時、リオンと出会ったおかげで今もこうしてダンジョンに潜れている訳だし。リオンには感謝してもしきれないよ」

「あはは。それじゃ私と同じだね」

「そういう事になるな。これからもよろしく頼むよ」

「うん、任せて!!」

そんな話をしている内に交代の時間が来たので、俺とリオンはダンとアリスを起こして、眠る事にした。

◇◇◇

俺達の旅も2日目。

地形は1日目に進んでいた見通しの良い草原地帯を抜け、荒廃《こうはい》した山岳地帯を通っている最中だ。

山岳地帯の地形は起伏が激しく、地質も硬い岩盤《がんばん》ばかりが目に付く。

岩盤だけに木々が生い茂る訳でもなく、生命力の強い雑草がまばらに生えている程度だった。

大きな転石がまばらに転がっており、身を隠すには持ってこいの場所となっている。

「いかにもって場所だな。出るならこの辺りだな」

「はい。この山岳地帯には盗賊の輩《やから》が多く出没しています。なので此処《ここ》がこの街道で一番の難所だと言えます」

馬車を操作する御者《ぎょしゃ》の男と情報を交換した俺は、その場で立ち上がると後方のダンとアリスに気を引き締めるように伝えた。

事前に、盗賊に襲われた時は御者などの戦えない者は荷物の隙間に隠れるように伝えている。

事前に隠れる場所を打ち合わせしておけば、実際に盗賊に襲われたとしても注意を御者に向けなくて済むので、スムーズに戦闘に入る事が出来る。

「リオンも気を引き締めてくれ。お前の未来が見えるスキルはハッキリ言って万能だ。何者かが襲って来た時は渡した笛《ふえ》を大きく吹き鳴らして俺達に知らせてくれ」

「うん。任せて」

俺はリオンに大きな音が出る笛を渡していた。

笛の音《ね》が聞こえれば敵が現れた合図だと後ろの2人には伝えている。

勿論、後方を守るダンにも笛は持たせていた。

この笛は工夫がされており、誰が吹いても一定の高音で鳴り響《ひび》く、その音は特殊で臆病な馬でも驚いて暴れたりしないとの事。

俺は事前に馬の前で笛を吹いてみたが、馬は無反応だった。

山岳地帯をしばらく進んでいると、突然リオンが立ち上がると手に持っていた笛を口に咥え吹き始めた。

周辺には大きな音が鳴り響く。

その数秒後、御者の男を狙って、一本の矢が飛んで来る。

しかし放たれた矢は抜刀していたリオンによって空中で切り落とされていた。

「敵が現れたぞ!!」

俺が叫ぶと、事前の打ち合わせ通り、御者や商人達は荷物の隙間に身を隠した。

「へっへっへ。奇襲《きしゅう》に気付くとはやるな」

すると俺の前方の岩陰から10人程度の男達が現れた。

「こっちにもいるぜ。引き返そうなんて思うなよ」

今度は背後からも5人の男達が現れる。

前後合わせると15人の盗賊が姿を見せた。

「お前達は何者だ？　俺達をどうするつもりだ？」

分かっているが、一応聞いてみる。

「そんな事、言わなくても分かっているだろ？　命が惜しけりゃ荷物を全部置いてきな」

大柄《おおがら》の男は俺達に剣を突きつけ、高圧的な態度を取っていた。

この男が盗賊達のリーダーなのだろう。

大柄の男は俺の隣に立つリオンに視線を向けると、いやらしい笑みを浮かべる。

「おっと、さっきのは言い間違いだ。荷物全部と女も置いて行け!!　ふぇへへへ。若いうぇにすげー上玉じゃねーかよ。うへへ、こりゃ楽しめそうだ」

「お頭《かしら》、こっちの女もすげーいい女ですぜぇ」

「なんだって!?　今日は運がいいぞ、どうやら大当たりを引いたみたいだな。おい野郎ども、今日の夜は最高の夜になりそうだぜぇぇぇ」

「おぉぉぉーー」

盗賊達はお祭り騒ぎのように騒ぎ始めた。

「ラベルさん、私はどうすればいい？」

そんな盗賊達を見てもリオンは怯える事もなく、冷静に俺に指示を求めてきた。

「人間相手に戦えそうか？」

リオンは経験済みで大丈夫だとは言っていたが、人間同士の戦いは生易《なまやさ》しいものではない。

一瞬の躊躇《ちゅうちょ》で、いくら実力差があったとしても倒される事もあるのだ。

俺は不安に駆られ再度確認していた。

「うん、大丈夫。ちゃんと覚悟はしてきたから」

リオンは強く頷《うなず》いていた。

「その覚悟があるなら安心だ。この程度の奴らにお前が負ける事はないと思うが、俺も出来る限りお前をサポートしてやるからな。だからリオンは普段通りに戦ってくれ」

「うん」

「今回、敵の方が圧倒的に数は多い。リオンは自分の思い通りに動け！　俺の方が合わせる」

「うん。了解した」

俺は後ろを振り返り、馬車の荷台の上に飛び乗っているダンに声を掛けた。

「ダンも遠慮しないでいいぞ。但し一撃で死ぬ所には矢を放つな！」

「あいよ!!　クイックショット！」

馬車の上の飛び乗ったダンがさっそくスキルを発動させ、矢筒《やづつ》から3本の矢を器用に指の間に1本ずつ挟《はさ》み、抜くとそのまま弓を構えた。

そして一瞬にして狙いを定め、ダンは三本の矢を同時に放つ。

矢はそれぞれ別の方向へと飛んで行く。

ダンが放った矢は後方に現れた5人の盗賊の手足に突き刺さる。

「ぐわぁぁぁ～っ！」

手足を射抜かれた男達は大きな叫び声を上げた。

「ダンくん、ナイス！　後は任せて」

その混乱に乗じてアリスが突っ込み、一瞬で残りの盗賊を戦闘不能に追い込んでいた。

「ラベルさん、後方は終わった。前に6本打つよ」

「おう！」

支援する時は簡単でもいいから、行動を始める前に必ず声を掛ける事を徹底させていた。

その理由は幾ら連携《れんけい》が取れていようとも、つまらない勘違いで命を落とす事を防止するためだ。

宣言後、ダンの弓からは3本同時発射の矢が二連続で放たれた。

矢はそれぞれが盗賊達に向かって飛んで行く。

相手はそれなりには手練れのようで、ダンが放った矢を叩き落とす事には成功していた。

しかし矢を落とす事で手一杯となっており、前線は既に崩れかけている。

既に正面の盗賊達は防戦一方だと言っていい。

「リオン今だ。俺も援護するから遠慮なく行け」

「うん。任せて」

リオンが敵に向かって突っ込んだ事で、乱戦が開始される。

しかし実力差は明白で、リオンは軽々と盗賊の攻撃を避け、次々に相手を切り伏せて戦闘不能にしていく。

俺はリオンに切り伏せられた盗賊に対して一手間を加えたポーションを投げつけた。

後方にいたアリスも参戦し、2人の美女による共演が開始される。

そのまま戦闘は続き、前方の10人いた盗賊達はほんの数分で壊滅していた。

戦闘が終わった後、俺は15人の盗賊達を縄で縛《しば》り上げた。

「ラベルさん、盗賊にポーションを投げつけていたよな？　もしかして助けてやるの？　どうして助けてやるんだよ？」

ダンは俺の行動を見ていたようで、不思議そうに問いかけてきた。

「まぁーな。お前達を人殺しにする訳にもいかないだろう。この先の冒険者生活で今回のように悪人と戦う事もあると思うから、いずれは人を殺すという事も経験するとは思うけど、それは今じゃなくてもいいかと思ってな」

今回も俺が治療していなければ、盗賊の数名は命を落としていたかもしれない。

「俺は悪い奴なのに治してやるのは嫌だ。ラベルさん、そいつらがまた弱い人を襲ったらどうするんだよ？」

ダンが不満そうにしている。

「確かにダンの言う通り、こんな奴は死んでも当然だ。治して別人を襲ったら、俺が恨《うら》まれてもおかしくない。だからなこうするんだよ」

「えっ？」

俺は縛り上げた、盗賊達の姿を全員に見せた。

動けなくなった盗賊達は痛みで苦しみもがいており、ポーションをかけたのに傷は生々しく残っている。しかし血だけは完全に止まっていた。

「ポーションを使えば体力が回復するだけでなく、品質の範囲内で怪我が治癒《ちゆ》する事は知っているよな？」

俺の問いにリオンとダンが頷いて答える。

「実はな……ポーションに一手間加えるだけで、効果を調整したり違う効果を付加できるんだよ」

俺は一手間を加えたポーションを一瓶《びん》だけ取り出して、ダンに見せてやる。

「例えば、今使ったこのポーションをよく見てみろ？」

「あっ、いつも使っているやつよりも色が薄《うす》い!?」

「その通りだ。よく気付いたな！　ポーションを薄めると、このように怪我は治さないけど出血だけ止める事が可能だ。だから死にはしないが、怪我は治っていないから自力では動けない」

俺が再び縛り上げた盗賊達に視線を向けると、ポーションを使った後にも関わらず。全員がうめき声を上げたまま苦しんでいた。

「それに動けた時の事も想定して、武器や装備も取り上げている。運が悪けりゃ肉食動物の餌だろう。もし運が良かったとしても巡回の憲兵《けんぺい》に捕まるだろうさ」

「へぇー」

俺の説明を聞いて、ダンも納得してくれた様子だ。

「ちょっと待って!! ラベルさんはさっきから何を言っているの？ ポーションを薄める!? 嘘でしょ!? ラベルさんはそんな事が出来るっていうの？」

黙って俺の説明を聞いていたアリスと商人達は目を丸くして驚いていた。

その理由はポーションを作れるのは薬の知識を手に入れた者達だけで、その薬の知識も各薬師《くすし》ギルドが情報を秘匿《ひとく》しているので、中々表には出ないからだ。

たかがポーターが薬の知識を持っているなんて、普通ではあり得ないから驚いているのだろう。

「薄めるって言ったって、普通の水を足したらいいって事じゃないぞ、そうしたらポーションの効果自体がなくなってしまうからな。ちゃんと製造工法通りの手順でだな、水を魔石で加熱し蒸留水《じょうりゅうすい》を作ってだな……」

「ラベルさんって、薬の知識もあるの？ 普通は薬師ギルドに入らないと絶対に教えて貰えないんだけど……」

アリスが驚いた様子でもう聞いてきた。

「何かそうみたいだな。でも俺の場合はいつも買いに行っている商店に派遣されている薬師と仲良くなってだな。色々話を聞いている内に、聞いた事を少しずつ実践《じっせん》して覚えていった感じかな？」

「それじゃ……ほぼ独学？」

「いやいや。聞いた事って言っただろ」

「普通、ポーションなんて買えばいいだけなのに、それを実験しようって考える人がいるなんて……ねぇ？」

俺はアリスに変人を見る目で見られている気がした。

「何を言っているんだよ。自分が使うアイテムの事を勉強するのは当たり前だろ？」

「それはそうかもしれないけど、普通は薬師ギルドが秘匿にしている知識に手を出そうとは思わないけど……」

アリスの言いたい事も分からなくはないが、薬の調合を覚えておけばとても便利なのだ。

「薬の知識を知っていると言っても高価な薬は弄《いじ》れないからな。俺が出来る事はあくまで簡単な薬を再調合して別の効果を出す程度だ‼」

もはや誰もリアクションを返してくれない。

「おい、なんか言えよ。薬の知識があれば、ダンジョンに潜る時に持って行く薬の量を減らせるんだぞ！」

「いやはや……まさかそこまでやる人だったとは、私ちょっとビックリしちゃって」

アリスと商人はドン引きしていた。

「ラベルさん、ありがとう。私はもう大丈夫だから、次からは変な気を遣わないで」

「俺も大丈夫だ。覚悟は出来てるから」

俺の気遣いを知り、リオンとダンが俺を見つめ話しかけてきた。

その瞳を見れば言っている事が本気だというのが分かる。

「そうか。それなら良かった。じゃあ、先へ急ごう」

リオンもダンも、この一戦で対人戦が戦える事が立証できた。

対人戦が出来れば冒険者として、この広い世界で活躍できるだろう。

その後も俺達は目的地である商業都市サイフォンを目指した。

◇◇◇

護衛を始めて4日が経過していた。

目的地の商業都市サイフォンはもう目の前である。

盗賊の襲撃は一度だけで、あれ以降は平和な旅が続いていた。

「リオン、もうすぐサイフォンに着くぞ。着いたら一息つけるから、ゆっくりと体を休めよう」

「うん。最近は昼夜連続の護衛だったから、ちょっと寝不足気味」

「もう少し護衛の人数がいたら疲労具合も違っていたと思うが、俺達は出来たばかりのギルドで人数も少ないからなぁ。こればっかりは仕方ないさ」

「うん、分かってるから全然気にしてないよ」

リオンは良い子で自分が疲れていても弱音を言ったりしない。

だからリオンの体調には俺も気を配っている。

最悪の場合は強制的にでも休ませるつもりだ。

「ラベルさん、街に着いた時って、もうお祭りは始まっているんだっけ？」

「お祭りが始まっていたら、依頼主である商会の人が露店を出せないだろ？　お祭りの開始は到着してから3日後で、祭りは3日間続く筈だ」

「それじゃ時間もいっぱいあるね」

「家に帰れるのは1週間以上先になると思うから、お土産は考えて買えよ。間違っても食べ物はやめておけ」

「うん。そうします」

「俺も休暇中の事までは口出ししないから、好きに露店を見て回ったりして祭りを楽しめばいい。だけど怪我だけはしないでくれよ。帰りの護衛が出来なくなったら俺が困るからな」

「うん、分かってる。でももし私が怪我をしても、ラベルさんが治してくれる気がするけど？」

「俺は治療師じゃないぞ。俺に出来る事はただポーションを振りかけるだけだ。あまり過度な期待はしないでくれ」

　他愛もない話をしていると、リオンの顔が険しくなり笛を吹き鳴らした。

「襲撃か⁉　まさかこんな街の近くで！」

　街が近いから俺も油断していた。

　笛が鳴り終えた途端《とたん》、木陰《こかげ》から7名の盗賊が現れた。

　全員が仮面を着けているので顔は見えないが、全員が上等な装備に身を包んでいる。

　俺が素早く、盗賊の体つきを確認していくと、全員かなり鍛えられている。

　最悪な事に、真ん中に立つ男は巨体で筋肉の鎧でも着込んでいるのかと思いたくなる程、鍛えられていた。

　俺は一瞬見ただけで、今回の敵が只者《ただもの》ではない事を理解する。

「リオン、気を付けろ。こいつ等は普通じゃない‼　俺のスキルを使うぞ‼」

　俺はリオンとダンに聞こえるように叫んだ。

今までの俺は自分のスキルの事を他人に話す事は殆《ほとん》どなかったが、自分のギルドを立ち上げて以降、少し考えが変わってきていた。

それに2人と出会い、今日までダンジョンに潜ってきてお互いの信頼関係も深まっている。

俺はギルドメンバーの2人には、スキルの効果や危険性など、そして俺が普段は使用しない理由も併わせて話していた。

俺の説明を聞いて2人は納得してくれている。

俺のスキルは本当に危険な時しか発動させるつもりはなかった。

それはスキルの効果ありきでダンジョンに潜る事が危険過ぎるからだ。

スキルの力に頼りっぱなしだと、もしも俺が戦線離脱してしまった場合、そのパーティーは全滅以外の道はないだろう。

スキルのない状態で戦える事が大前提だと考えている。

俺のスキルは絶望的な状況をはね返す切り札だ。

ギルドメンバーである2人の命を守るためなら、俺はその切り札を俺は躊躇なく使う。

ただアリスだけは俺のスキルの事を知らないので、多少は戸惑うかもしれないだろう。

普通なら惚《とぼ》けても良いが、アリスにならスキルの事を教えてもいいとは思っていた。

「迂闊《うかつ》に突っ込むなよ。敵の力が未知数だ。俺も援護しきれなくなるかもしれないからな」

「うん。了解した」

リオンが馬車から飛び降り、馬車の前に躍り出る。

ダンは荷馬車の一番高い場所に上り、高い地点から見下ろす形で相手を睨みつけた。

俺がダンに視線を向けると、既に矢を手に持ち敵に狙いを定めている。

アリスも俺達の傍までやって来ると俺に視線を向ける。

「リオン、まだ動くな」

すると集団の真ん中に立っていた大男が、無言で持っている大剣の切っ先を俺達に向ける。

次の瞬間、大男から強烈な殺気が放たれた。

「どうやら逃がしてはくれなさそうだな。ダンと俺でリオンの援護をする。アリスは悪いが商人達を守ってくれないか？　俺達3人の方が日頃から一緒にダンジョンに潜っている分、連係が取りやすい！」

「そういう理由なら仕方ないか。確かに私が入ったら連係も上手くいかないよね。うん、任せて依頼主は私が絶対に守るから」

「リオンねーちゃん。援護でドンドン打つからな」

「ダンは好きに矢を打って。私の方がそれに合わせるから」

俺達は瞬時に互いの役目を決めた後、戦闘を開始する。

最初にリオンが突っ込み、大男の間合いに入って行った。

俺のスキルの効果によって、今は基礎能力が2割上昇している。

リオンの動きはいつもより速く、アリスと同等のスピードだ。

しかし男は剣を肩に担ぎ、余裕を見せていた。

「どういう事だ？　他の盗賊は動く気配がないのか!?」

どうやら盗賊達は全員が俺達を舐《な》めているようだ。

相手にとって俺達は取るに足らない獲物に違いないという事か。

「ふん、それならそれでいい。リオン、相手に油断している事を後悔させてやれ！」

「大丈夫、今の私なら一撃で倒せる！」

大男は肩に担いでいる巨大な剣をリオンに向けて、まっすぐ縦に振り下ろしてきた。

周囲の空気を巻き込み叩きつけられる攻撃は、一撃必殺の威力を持っていた。

リオンは体を回転させながらその攻撃を避けると、回転した力を利用し剣を横になぎ払う。

一方、大男は剣を地面に喰い込ませて、その破壊力を周囲に知らしめていた。

強烈だった初撃を避けられたため、大男にはリオンのカウンター攻撃を剣で受け止める時間はなかった。

「このタイミング、取った！」

完璧なタイミングでリオンも俺も勝ちを確信した。

ガチン!!

大男は腕に装備しているガントレットで剣を受け止めると力任せにリオンを振り払う。

「おっ、やるな。俺の攻撃を軽々と避けたうえに反撃してくるとは、これは予想以上だ」

男は少し驚いた感じを見せているが、今の攻撃を止められた俺達の方が男以上に驚いていた。

（やばいぞ。今の攻撃を軽々止めるのかよ！　だがあの動きは……）

吹っ飛ばされるリオンは空中で身を翻した。

その瞬間、リオンの背後から3本の矢が別々の方向から同時に襲って来た。

攻撃を防がれたリオンが追撃をされないように、ダンが矢を放っていたのだ。

それは完全なる死角からの一撃で、初見なら避ける事は不可能だろう。

「こりゃ、やっべーな。今のはヒャッとしたじゃねーか。お前らどれだけ息が合っているんだよ」

男は叩きつけていた剣を片手で無理やり引き上げ、振り回すとダンの矢を叩き落とした。

俺は援護をするため、注意深く一連のやり取りを観察していた。

「体重の移動……間の取り方。あの動きは間違いない!!」

俺は1つの答えにたどり着くと、一瞬で怒りが湧き上がり始めた。

「リオン、もういいぞ。一度下がれ！　ダンは弓で牽制《けんせい》して、あの男の後ろにいる奴達を近づけさせるな!!　こいつの相手は俺がする」

「えっ!?　でも？　ラベルさんが戦うの？」

リオンが驚いた表情を浮かべた。

それは俺が率先して前に出た事など一度もなかったからだ。

「いいから任せておけ。ったく、人の仕事中に何しに来やがった！　お前が邪魔をするつもりなら、こっちも徹底的にやってやるからな」

俺の怒りが相手側にも伝わったのだろう。

後方に立っている鉄仮面軍団の中の1人が、顔に手を当て天を仰いでいた。

「ほぉー、今度はお前が相手か……ポーターのくせに俺とまともに戦えるのか？」

目の前の大男はノリノリで挑発してくる。

仮面で素顔は見えないが、この男はきっと仮面の下ではニヤけているに違いない。

そう考えるだけで俺の怒りはどんどん増していく。

「お前、馬鹿か？　声まで出して俺が気付かないと思ったのか？　まぁいい、相手がお前なら遠慮《えんりょ》は無用だ」

俺はこの大男の正体に気付いていた。

こいつは間違いなくカインだ。

どうして怪我で療養中のカインが俺の前に現れたのかは分からない。

それに、どうやらさっきの戦闘もかなり手加減しているみたいだ。

しかしそんな事は関係がない。

カインは俺の仲間であるリオンに剣を振りぬきやがった。

俺は久しぶりにブチ切れていた。

本気のカインなら手も足も出ないが、余裕をかまして舐め切っている今のカインなら俺でも対応は可能だ。

俺は無言で火を付けた煙玉《けむりだま》を投げつけた。

「ん？　ダンジョンで使う煙玉だと？」

カインは投げつけられた煙玉を叩き切るために大剣を振り上げる。

そのまま大剣を振り下ろすと強制的に強風が作り出された。

強風が煙を吹き飛ばし、投げつけられた煙玉は真っ二《ぷた》つにされる。

真っ二つとなった煙玉はそのまま地面に落ちてしまったが、半分になった状態でもしっかり煙を出し続けていた。

「ふんっ、煙で目隠しをしたつもりか!?」

「それならこれはどうだ？」

俺は休む事なく次は蜘蛛《くも》の糸を真正面から投げつけた。

「馬鹿か、そんな単純な攻撃を喰らう訳がないだろ？」

「勝手に言ってろ。その余裕を今すぐ消してやるよ」

「なるほどな。最初に投げて来た煙玉は、煙で蜘蛛の糸を見え辛くするためだった訳か。悪いがお前の思い通りにはさせないぜ。どうせ剣で斬っても蜘蛛の糸が絡《から》みつくって寸法《すんぽう》なんだろ？　なら避ければいいだけだ」

カインが軽く上半身をずらして、俺が投げた蜘蛛の糸を避ける。

（ほらな、やはりカインは遊んでやがる。今のも避けながら斬りかかっていれば、俺は確実にやられていた）

「心配するな。ちゃんと後悔させてやるからよ」

しかし同時に真上から違う蜘蛛の糸がカインを目掛けて落ちて来ていた。

「うぉっと！　あっぶねーな、同時に上にも投げてやがったのか？　本当に油断出来ねぇ奴だな」

けれどその蜘蛛の糸もカインは上手くかわした。

「じゃあ、次はこっちの番だぞ。容赦《ようしゃ》しねーからな。殺しはしねーがぶっ飛ばしてやる」

カインは剣を構えた。

「糞ゴリラの分際《ぶんざい》でうるせーんだよ」

カインの言葉に俺が返す。

「糞ゴリラだと!?　いい度胸だ」

そしてカインが一歩を踏み出そうとした瞬間、何かに足を取られ転んでいた。

カインの足には避けた筈の蜘蛛の糸が絡みついている。

「どういう事だ⁉　俺はちゃんと避けたぞ？」

カインは困惑していた。

こうなった原因を知るために足に絡みついている糸を目で追っていく。

すると足に絡みついている蜘蛛の糸には、別の糸が結び付けられている事に気付いた。

その糸は俺の手元まで伸びている。

俺は最初に投げた蜘蛛の糸をカインが避けた後、結び付けていた糸を引っ張り、背後からくっ付けてやった。

俺が煙玉を最初に投げたのは、蜘蛛の糸を見え辛くするためではなく、俺の手元から伸びている糸を見え辛くさせるためだった。

後の一連の流れは全てカインの注意を逸《そ》らすためのフェイク。

「この野郎。やりやがったな」

「うるさい、黙れ！　糞ゴリラ！」

カインを転倒させ一瞬のスキを作り出した俺は、更に追加で蜘蛛の糸を三つ叩きつけた。

カインは蜘蛛の糸にからめとられ、完全に身動きが取れない状況になっていた。

「蜘蛛の糸が合計で四つか……まだ足らんな。相手はこの世界に1匹しか存在しない馬鹿筋肉ゴリラだ。魔物を束縛《そくばく》するこの糸も引きちぎるかもしれん。ここはもう二つ位追加しとくか？」

「なっ⁉」

更に二つ追加され、既にカインの身体は蜘蛛の糸で簀巻《すま》き状態と化していた。

俺は戦う事が出来ないが、ダンジョンで使えるアイテムは数えきれない程使い続けている。

ポーションを弄る事もそうだが、一つのアイテムであっても使い方は何十通りもあるのだ。

しかも今回の相手は癖《くせ》を知り尽くした元パーティーメンバーのカインで、しかもカインは本気を出さずに遊んでいる状態とくれば、手玉に取る程度なら簡単だった。

カインが動けない事を確認した俺は、凶悪な笑みを浮かべながら簀巻きとなったカインの元に近づいた。

「お前は今、オールグランドがどうなっているか知っているのか？」

「……」

「お前は此処で一体何をしているんだ？」

仮面で隠されて表情は見えないが、カインは何も言わない。

「何も言わないか……まぁいい。俺もどうやら勘違いしていたみたいだからな。この男は俺が知っているカインという男ではなく、新種の馬鹿筋肉ゴリラという魔物だという訳だ」

俺は腰から愛用のナイフを取り出し、睨みを利かせた！

取り出したナイフはいつも魔石を取り出す時に使っている物で、手入れは完璧だ。

「今からお前の身体から魔石を取り出してやる。なぁに心配するな、魔物から魔石を取り出す作業は数えきれない位にこなしてきたんだ。綺麗に三枚におろしてやんよ。お前の魔石はどこにあるんだぁーーー!!」

「待て、待て、待て、待て、待てーーーーー!!」

俺が大声で怒鳴り付け、ナイフを刺そうと行動を開始した瞬間、カインは大声で叫んでいた。

◇◇◇

簀巻き状態で動けないカインは放置して、逃げ出そうとしていたスクワードを捕まえて話を聞きだした。

俺に捕まったスクワードは怯えた様子で、今日までの真相をペラペラと話してくれた。

そして全ての真相を知った俺は、今日までの鬱憤《うっぷん》を晴らすために全力の蹴《け》りをカインに向けて繰り出す。

「ぐぉっ、おい。やめろ、あばっ、動けない奴になんて酷い事を！」

鉄仮面は取り外しているので、これで苦痛に歪むカインの顔を眺める事が出来る。

「うるさい！　スクワードから話は聞いたぞ、やっぱりお前が悪いじゃねーかよ。反省しろ、この筋肉ゴリラ！」

「スクワードの奴めぇぇぇ!!　まさか俺を売りやがったのか!?　あの裏切り者がぁぁぁ」

「売ってねぇーだろ。必死で止めたって言ってたぞ。全部お前が悪い！」

その後も俺が蹴りまわしていると、カインが泣きそうな顔で謝って来た。

その情けない顔を見ただけで、俺の溜飲《りゅういん》は下がり今回だけは許してやる事にする。

俺が取り出したナイフで、少しずつ蜘蛛の糸を切り取りカインの拘束を解いていく。

動けるようになったカインは、開口一番謝罪を始めた。

「悪かった。流石に今回は俺も悪ふざけが過ぎたな」

今は道端に馬車を移動させ、全員で集まっている状態だ。

スクワードは既に仮面を外しており、カインの横に並んだ。

「だから最初に俺が言ったじゃねーかよ。ラベルに怒られるってよ」

「うるさい、この裏切り者め!!」

2人は文句を言い合っていた。

残りのメンバーはスクワードの部下達だろう。

仮面を外さなくてもいいと指示を受け、鉄仮面を被ったままの状態だ。

俺とカインとの戦闘を目《ま》の当たりにしているためか、何故か俺に対して怯えている様にも見える。

俺は普段こんな野蛮《やばん》な事はしないので勘違いしないで欲しい。

今回は怪我をしたと聞き心配していたにも関わらず、突然目の前に現れて攻撃を仕掛けてきたカインが悪い。

俺もこんなにキレたのは久しぶりだ。

「カイン、お前はいつも冗談の域を越えているんだよ。ホラ見てみろよ！　俺の仲間が驚いているだろう？」

俺が指をさしたリオンとダンがなんとも言えない微妙《びみょう》な表情を浮かべていた。

「いや、それはお前に怯えているんじゃ……」

「ん？　なんだって!?」

「いやいや、そうだな俺がやりすぎたみたいだ。だけどお前の仲間も相当強いな。この強さでC級冒険者なんて、反則だろ？　A級冒険者だと言われても普通に信じるぞ」

「俺達はまだB級ダンジョンを攻略していないからな」

「お前の事だ。次に出現したB級ダンジョンを攻略する気なんだろ？」

「一応、そのつもりだ」

「まっ、そうだろうな」

話が一段落するとカインは姿勢を正し、俺に深々と頭を下げ直した。

「おい。悪ふざけの件ならもう許したんだから、頭を下げる必要はもうないんだぞ？」

「いや、これは違う。俺のせいでお前は【オールグランド】から去る羽目となっちまった」

「あぁ、その事か……」

「今回の事はハンスに権限を与えてしまった俺の失態だ。許してくれと言って許される訳じゃないが、謝罪はさせてくれ。もちろん落ち着いた後、それ相応の償いもさせて貰う」

俺は一連の事を思い返していた。

多少思う事もあるが、悪いのはハンスだ。

カインが謝る理由も理解できるが、俺はカインを恨んではいなかった。

「もういいよ。ハンスが俺をギルドから追放してくれたおかげで、俺はこの2人と出会えたんだからな。今は満足している」

そう言いながら2人に笑顔を見せた。

リオンは嬉しそうに笑い返し、ダンは得意気に親指を立ててくれた。

「そう言ってくれるのは助かるが、それじゃ俺の気が収まらん」

カインはかなり責任を感じているようで、今も悔しそうな表情を浮かべている。

「ラベル、お前オールグランドに戻って来ないか？　勿論仲間の2人も一緒にだ。オールグランドに所属して、お前達で新しいパーティーを作ればいい。そうしたらギルドとしても全面的にサポートが出来るぞ」

確かに俺達にはメリットしかない申し出である。

オールグランドは大ギルドで、階層試練に対応している装備も数多く保有している。

それらの装備は使い放題だし、商人達のお得意様にもなっているので、アイテムも入手しやすくなる。

だが一番の魅力はリオンとダンがオールグランドのギルドメンバーになれるという事だ。

オールグランドに所属したい冒険者は数えきれない程存在している。

しかし入団したいからと言っても簡単に入団できる訳ではない。

実力や能力を認められた一部の者にしか声が掛からないのだ。

もしオールグランドに所属できれば、それだけで他の冒険者から羨望の目で見られる事だろう。

(悪い話ではないな)

俺は一応2人にも意見を求めるために振り向いた。

だが聞くまでもなかった。

2人の表情を見れば答えは出ている。

「カイン……前の話はありがたいが、俺は今の仲間達と頑張らせて貰うよ」

そう言い切った俺に後悔はなく、清々しい気持ちになっていた。

カインも残念そうにしているが、すぐにいつもの調子を取り戻していた。

「よし、それなら仕方ないな。この話はこれで終わりだ。今から本題の話をしてくぞ。何故俺がお前の前に現れたかを！」

その後カインは黒い市場について話し始めた。

◇　◇　◇

「なるほど。それで俺達にそれを手伝えと？」

「そうだ。ちゃんと報酬も出す」

説明の中で今回の商人護衛の任務も、全てカインが俺を巻き込むために仕掛けていた事だと教えられた。

タイミングよく知り合いの商人が【サイフォン】で露店を出すので、それに便乗したと言った方が正確なのかもしれない。

商人達もこの国最大のギルド、オールグランドに護衛して貰えるだから大喜びで了承したとの事だ。

俺達を巻き込むために、そこまでやるのかと少し驚いた。

「それに……アリス、お前!!」

俺はカインの横にいるアリスを睨みつけた。

カインの説明を聞いている最中に、アリスがカインの娘である事を話し始めたのだ。

カインに娘がいるのは知っているが、赤ん坊の頃に数回見た程度だったので、何度もアリスと会っていたのに全然気付かなかった。

「ラベルさんごめんなさい！　でもラベルさんと市場で出会ったのは本当に偶然なの。お父様とラベルさんが知り合いだと聞いたから……お父様にラベルさんの事を手紙で教えたの」

本当の事を言っているようにも見えるし、嘘っぽくも感じる。

けれどカインとアリスが繋がっているのなら、カインが俺の目の前に現れた事にも説明が付く。

（半分半分といったところか……）

俺は心の中でため息を吐いた。

アリスと今日まで付き合ってきて根はいい奴なのは知っているし、リオンやダンとも仲が良い。

アリスに対して怒りなどはない。

アリスの事は良いとして、今はカインの相談の件だ。

俺もカインの要望には応えてやりたいが、此処にはリオンとダンもいる。

それに相手は凶悪な集団として名高い黒い市場、慎重になるのも仕方ない。

俺の考えだけで大切な仲間を危険な目に遭わす訳にはいかない。

俺が1人で悩んでいると、その様子を見ていたカインが、俺が腰を抜かすような報酬を口にしてきた。

「ラベルよ。もしこの依頼を受けてくれるのなら、結果に関係なく報酬として【エリクサー】をやるぞ」

「おい！　お前、今なんて言った⁉」

俺は気付かない内に、身を乗り出していた。

【エリクサー】とは原材料の希少さから市場に出る事はなく、その貴重性から王家の秘宝とさえ呼ばれている超絶《ちょうぜつ》レアなポーションの事だ。

その効果は怪我で失った欠損個所を全て修復し、命が尽きかけている者を助け、完全な状態へと戻す事が出来る。まさに神の薬だ。

「お前、言っている意味を分かっているのか？　依頼の報酬で出す代物ではないんだぞ⁉」

「当然だ。これは俺達がSS級ダンジョンを攻略した時に、国王から貰った品なんだからな。もしもの時のためとしてギルドホームで大切に保管している品だ。だが二つ貰ったからな、一つ位は大丈夫だ」

「大丈夫だ！　じゃねーだろ⁉　二つともギルドのために置いておけよ」

「いや。それじゃ俺の気が済まん」

どうやらカインは俺を追放した償いに、国宝級のアイテムを渡すと言ってきているのだろう。

手足を毟《むし》り取られた人間ですら、完全な状態に戻す事が出来る神の薬。

市場に出回る事はなく、数は少ないうえに全てを王国が管理している。

金貨で換算しようとしても金額は出せないだろう。

それ程凄いアイテムだった。

（ハッキリ言って、欲しい。無茶苦茶欲しい……これがあればリオンやダンが瀕死の状態になったとしても一度だけなら助けられる！）

喉から手が出る程欲しいと思った。

しかし……

俺の苦悩する様子を見て、カインが勝ち誇った顔をしている。

憎たらしくなり、もう一度泣かしてやりたくなった。

すると背後からリオン達の声が聞こえてきた。

「ラベルさん。この依頼を受けようよ」

「そうだよな。これは絶対に受けるべきだ。ラベルさんがそんなに欲しそうにする姿を俺は初めて見たよ」

どうやら俺はリオン達にも分かるほど、動揺《どうよう》していたみたいだった。

「でも分かっているのか？　そうとう危険な依頼なんだぞ？」

「うん、分かってる。だけど大丈夫」

リオンは当然のごとく言い切っていた。

俺はその自信が何処から湧いているのか、分からなかった。

「そうだな。俺達は大丈夫だ」

ダンもリオンに続く。

「どうして、2人はそう言い切れるんだ。お前達は依頼の内容も正確には分かってないだろ？」

「「だってラベルさんがいるから!!」」

2人は声を合わせていた。

その言葉に俺は素直にありがたいと感じた。

「カインよ。俺達の話はまとまったぞ。この依頼を受けさせて貰うぜ」

「絶対に喰いつくと思ったよ。お前が参加してくれるなら、この依頼は成功したようなもんだ」

「どうせ、依頼を受けようが、断ろうがエリクサーは渡すつもりだったんだろ？」

スクワードがニヤニヤしながらカインに話しかける。

「うるせー。そんな訳があるか!! たとえ俺が詫びでやると言っても受け取る訳がないだろ？」

カインは豪快《ごうかい》に笑い始める。

俺もその会話を聞き、確かにそうだと感じた。

タダでエリクサーをやると言われても、そんな高価な品だとお詫びを通り越して、俺の借りになってしまう。

その心遣いに、俺はカインという男が何故ギルドメンバー達に慕われているのかを思い出した。

そして久しぶりにカインとの共闘に俺も少しだけ興奮し始めていた。

◇◇◇

カインの依頼を受け、共同戦線を張る事が決まった俺達は、無事に商業都市サイフォンに到着していた。

時刻は昼過ぎで太陽は高く上がっている。

街に到着すると護衛してきた商人達と別れ、スクワードの案内で用意していた宿屋に向かう。

式典が近いため、何処の宿屋も満室状態との事だ。

カインとスクワード以外の者は準備があると言ったきり、途中でいなくなっている。

宿屋に着いた俺達は店の者に案内され各部屋に入った。

部屋で荷物を整理した後、カインの部屋で今後の作戦会議を開く事となった。

今回用意した宿は全部が二人部屋らしく、部屋割りはカインとスクワード、俺とダン、リオンとアリスの三部屋に分かれた。部屋は豪華でダンも大興奮だ。

作戦会議中はリオンとダンは特にする事もないので、街を観光したらどうかと声を掛けている。

作戦が決定したらリオン達にも働いて貰う事にもなるので、それまでは自由にさせてあげたい。

ダンは嬉しそうに街に飛び出していた。

俺も準備を済ませ、カインとスクワードの部屋に向かう。

ドアを開けると、アリスも既に部屋に入っていた。

「俺が最後か？　遅れてすまない」

「大丈夫、気にする事じゃない。それじゃ始めようか」

今回の会議はスクワードの主導で進められるようだ。

筋肉ゴリラのカインじゃなくて本当に良かった。

会議が始まる前に俺はアリスに声を掛ける。

「アリス、リオンは街に出かけたのか？　ダンは大喜びで飛び出して行ったが？」

リオンとは部屋が違うので、今どうしているのかと気になっていた。

今回アリスの提案を受け入れたのは、リオンとダンがこの街に来たいと言ったからだ。

結果的にはこんな事になってしまったが、せっかく見知らぬ場所まで来たのだ。

2人が望んでいた観光などして、少しでも楽しんで欲しいと思っていた。

「うーん。リオンちゃんは迷っているみたいだね。優しい子だから私達が作戦会議をしている間に、自分だけが遊びに行くのが嫌なのかもしれないね」

「後で気にするなと言っといてくれないか？」

「うん、分かったよ。リオンちゃんの事は任せて」

「おいおい。ラベルの野郎が父親みたいな感じになってるじゃねーか」

カインがニヤニヤと笑いながら弄って来やがる。

「当然だろう。リオン達とは歳が20歳近く違うんだからな。お前とアリスみたいなもんだよ」

「お前は独身なのにまさか親心を知るとはな。本当に可哀想《かわいそう》な奴だ。早く嫁《よめ》を貰って本当の子供作れっての！」

「おい筋肉ゴリラ！　娘の前だからっていい気になるなよ。作戦の話だろ？　スクワード早く始めてくれ」

「おっおう」

珍しくカインのペースになって来ていたので、話をぶち切るとスクワードに作戦会議を始めるように促《うなが》した。

◇◇◇

今回の式典は商業都市サイフォンの開港記念を祝う式典だ。

この式典は3年に一度、定期的に行われており、この港が完成して初めて出航《しゅっこう》した船の目的地が同盟国の海運国家【グランシール】である。

その縁《えん》からこの式典にはグランシールの王族に連なる者が必ず参加し、お互いの国の交流を深めてきていた。

今回は第七王子のアドリアーノ・グランシール様が来賓《らいひん》として来ているらしい。

継承《けいしょう》順位は低いので、こういった式典には来やすい立場なのだろう。

だが継承順位が低いと言っても、れっきとした王族の一員である。

国力の差は俺達の【ドレール王国】の方が海運国家グランシールの二倍以上ある。

国力だけで言えば相手は格下になるのだが、建国した歴史も古く海運業で多くの国と太いパイプを作りあげてきているので、敵に回したくない国なのは間違いない。

もしアドリアーノ王子に何かあれば国際問題へと発展し、両国の関係は危ういものとなる。

「こっちは誰が参加するんだ？　相手は王子を寄越しているのだから、こちらも王族の誰かが来るのだろ？」

カインがスクワードに疑問を投げかける。

「最初はその予定だったみたいだが、急遽《きゅうきょ》王族は来れなくなったらしい。代理としてこの地を治めているドルマン伯爵《はくしゃく》が王子の相手をするみたいだぞ」

「おいおい、王族が参加しないだって？　それで大丈夫かよ。国力が半分以下だからと言って、格下の国だと侮っている訳じゃないのか？」

カインは大袈裟《おおげさ》に驚いて見せる。

「情報収集しか取り柄のない、ただの冒険者の俺に真相が分かる筈もないさ。分かるのは事実だけだ。それにだ、俺達にとっては伯爵の方が話を付けやすくて助かる」

「スクワード、王族が参加しないと分かってだ。黒い市場の奴らはまだ動く気配はあるのか？」

俺は気になった事を確認する。

「あぁ、尻尾は掴ませねぇが、いまだこそこそしてやがる。俺の勘も怪しいと言っているな」

「こっちの王族が参加しないというのにも関わらず、奴らがいまだ動く気配があるという事は、相手の狙いがグランシールの王族だという事かもしれない」

「ラベル、お前が言う通りかもしれねぇな」

カインも俺の意見に同意していた。

「既に俺の部下が黒い市場の情報を衛兵や護衛のギルド、伯爵の筋の者にも伝えている」

スクワードが補足の情報を話し出す。

「なるほど。スクワードおじ様が関係各所に情報を流しているなら、当然警備は厳重になる筈だよね？　それによって相手がどう動くかで私達の動き方も変わるよね？」

「スクワード、それで俺達はどう行動するつもりなんだ？」

俺はスクワードにそう問いかけた。

俺の考えでは情報を流したのなら、アリスの言う通り警備は厳重になる。

警備が厳重になれば、それだけ黒い市場が動き辛くなり、相手は相当焦る筈だ。

後、焦った人間は大胆な行動を取りやすく、事が大きくなる可能性が高い。

俺達も気を引きしめる必要があるだろう。

その時、黙っていたカインがしゃべり始めた。

「これはスクワードが手に入れた式典の進行表だ。お前はこれを見て何処が怪しいと思う？」

カインは懐にしまっていた紙を取り出して俺に渡してきた。

手渡された進行表には、３日に掛けて開かれる式典の内容や場所が詳細に記載されている。

俺は進行表をじっと見つめた後、地図と照らし合わせながら一つの場所を指さした。

「お前もそこが怪しいと思うか？　なら俺達と意見は一緒だな」

スクワードが嬉しそうに言った。

「そうだな。この場所と……」

「と？　まだあるのか？」

「後はここだ」

俺はもう一つ違う場所を指さした。

「なるほど……相手はギルド会議にも大人数で戦争を仕掛けてくるようなイカれた集団だ。今回もどうなるか分からないって事か」

俺が示した場所を見て考え込んでいたカインは、ギルド会議襲撃の事を思い出し、俺の意見に同意を示す。

その後も会議はスクワード主導で続いていく。

「俺が手に入れた情報によれば、ギルド会議を襲った時の様な大きな人数は動いていない。サイフォンの街に潜入した敵の数は精々50人前後といったところだ。慎重に行動していやがるから、実際はもう少し多いかもしれないが、大きく違いはないだろう」

テーブルの上には何枚もの資料が束となって重なっている。

その資料の一つを手に取り、スクワードは内容に目を通しながら報告してくれた。

「たったそれだけの人数で王族を襲うとなると、敵は奇襲を狙ってくる可能性が高い」

そのままスクワードは自分が手に入れた情報から推測を立てる。

「確かに王族が参加する式典に入場できる者は限られているし、身体チェックも厳しい。当然、武器を持ち込める場所は一つもないだろう。お前が言う通り奇襲が一番可能性が高そうだな」

俺もスクワードの意見に同意する。

「それじゃ、俺達は奇襲をメインに考えて対抗策を練ろう」

「そうだな」

「私も賛成」

スクワードの提案に全員が頷く。

それからも俺達は数時間も話し合い、それぞれの役割が全て決まった。

第十二章　リオンと迷子の少年

作戦会議を終えたアリスが部屋に戻るとリオンがベッドで座っていた。

時刻はまだ夕方前で、夕食にも少し早い。

「あっ、アリスさん。おかえりなさい」

「リオンちゃん、もしかしてずっと部屋で待っていてくれたの？　街を観光してきてもいいって言ったのに」

「うん、そうなんだけど、ラベルさんが大切な話をしているのに、私だけ遊びに行くのは申し訳なくって……」

その言葉を聞いて、アリスは仕方ないなぁーという感じで、呆《あき》れた表情を浮かべた。

リオンとアリスの年差は6歳、アリスにとってリオンは年の離れた妹という感じだ。

せっかく待っていてくれたので、アリスは話し合った内容を要約してリオンに伝え始めた。

「だから明日はまだリオンちゃん達にやって貰う事はないかな？　ラベルさんから観光しておいでって言われているんだよね？　始まる前から気を張り詰めていたら、いざという時に体も持たないよ」

「ううん。だけど気分がのらないから……」

「実は会議の時に、ラベルさんが私にリオンちゃんの事を聞いてきたんだよね。ラベルさん、リオンちゃんの事を凄く心配していたよ」

アリスは自分の顎《あご》に指を乗せると、ラベルの様子を思い出す。

「リオンちゃんがラベルさんの事を大切に思うなら、ラベルさんを心配させない方がいいんじゃないのかな?」

アリスは今日までラベル達と付き合ってきて、それぞれの性格をほぼ掴みかけていた。

リオンはいつもラベルを第一に考えて動いている。

リオンの中で、ラベルという人物がどれほど大きな存在なのか?

それは傍にいればすぐに感じ取る事が出来る。

しかしそれは恋情《れんじょう》ではなく、憧憬《どうけい》という風に思えた。

どちらにしろ、リオンは基本ラベルが困る事をしたくはないのだ。

アリスの推測はほぼ当たっており、アリスの一言を受けリオンは明日、観光に行くと言い出した。

アリスはリオンが見せる反応が可愛らしく、妹がいればこんな感じなのだろうと喜んでいた。

「ねぇ、リオンちゃんにとってラベルさんってどんな人?」

「私にとって? う〜ん」

リオンは思い返しながらゆっくりと想いを言葉に変える。

「私にとってラベルさんは尊敬できる人かな……? だって幾つものパーティーから捨てられ、誰からも求められなかった私を見つけて、手を差し伸べてくれたし、今日までずっと身体を張って私達を引っ張ってくれた」

リオンはラベルの良い所を言いながら、指を折り数えていく。

「ラベルさんが近くにいると不思議と力が湧いて来るし、勇気だって貰える。それにね、どんな逆境だったとしても、必ず乗り越えられるという安心感を与えてくれるの。だって振り返ると絶対に傍にいて支えてくれているんだもん」

「あははは……今の話をもしラベルさんが聞いたら、顔を真っ赤にしそう」

いつも大人しいリオンがラベルの話になった途端、性格を豹変《ひょうへん》させて饒舌《じょうぜつ》になっていた。

リオンとの女子話はとても楽しく、アリスのテンションも上がっていく。

「それじゃ、アリスさんにとってラベルさんはどんな人なの？」

今度はお返しにとリオンがアリスに問いかけた。

「私にとってのラベルさん？」

「うん。アリスさんもラベルさんと出会って結構経つでしょ？　アリスさんから見たラベルさんがどういう感じなのか聞きたい」

ラベルの話を振り始めたのはアリスの方なので、リオンの質問に答えない訳にはいかない。

アリスは自分の心の中に問いかけながら感じたままを話し出した。

「そうだなぁ……とても優秀な人だって事は初めてダンジョンに潜った時に分かったかな」

「うんうん。それで？」

「それからはたまに一緒にダンジョンに潜るようになって、誠実な人だなって分かったよね。後、普段は冷たそうにしているんだけど、基本的にはとても優しいし」

「うん。ラベルさん優しいよね」

「それにまさか最強だと思っていたお父様を簡単に手玉にとるなんて……あんな情けないお父様は、正直見たくなかったわ」

アリスは簀巻き状態のカインを思い出して落ち込んだ。

アリスの中の最強はぶっちぎりでカインであった。

その考えが今では変わろうとしている。

「アリスさんもラベルさんの事をよく見てるよね。ラベルさんが怒ったら怖いって、私もあの戦いを見るまで知らなかったもん」

「私がラベルさんの事をよく見てるって？　えっ、そうかな？　そう言われれば確かにラベルさんって、たまに目が離せなくなっちゃう時があるよね。お父様との戦いの時もそうだけど、惹《ひ》きつけられて目が離せない。なんだか不思議な人だとは思うかな」

「アリスさんもラベルさんの事が好きなんだね」

「好き⁉　いやいや。私そんな男性の事好きになった事なんて今まで一度もないから⁉　そんな感情じゃないって‼」

アリスは両手を胸の前に突き出し、開いた手をバタバタと振りながら混乱していた。

「その好きという意味じゃなかったんだけど……」

リオンが呟く。

「それに私はお父様より強い人しか男性とは認めないって決めていて……はっ⁉　ラベルさんってお父様に勝っているんだっけ⁉　それじゃ……えーーーっ嘘、私どしたらいいの‼」

アリスが頬を赤らめ1人で暴走している様子を見て、リオンは楽しそうに笑う。

2人の女子会は夕食を食べた後も再開され、夜遅くまで続く事になる。

◇◇◇

早朝、アリスと共に起きたリオンは昨日の約束通り、観光に出るための準備を始める。

仕事があれば手伝うのだが、アリスから今日は特に手伝って欲しい事はないと言われていた。

式典は2日後から始まるので、流石に明日からは手伝える事もある筈だ。

観光が出来るのも今日だけかもしれない。

ならば今日は精一杯観光しようとリオンは気持ちを切り替えた。

「ダン、いる？」

リオンはラベルとダンの部屋に向かった。

流石に1人で街を散策《さんさく》するのは少し寂しいと考え、自分と同じように仕事が与えられていないダンを誘おうと考えたのだ。

「リオンか？　ダンは起きた早々街に飛び出して行ったぞ。ほんとにまだまだ子供だよな」

部屋に残っていたラベルが説明してくれた。

「そうなんだ」

「リオンも遠慮しないで観光をしてきていいからな。下準備は今日で終わるだろうから、明日からは働いて貰う事になる。今日1日でリフレッシュしといてくれ」

「うん。分かった」

昨日、アリスに言われた通りの事を告げられる。

ダンがいないのなら仕方ないと諦《あきら》め、リオンは1人で街に出てみる事にした。

宿は街の中心部にあり、建物の外に出ただけで、多くの人々が行き交う人波にのまれそうになっていた。

流石は商業都市と言われるだけあって、サイフォンの街並みは活気もあり華やかであった。

サイフォンは港街という事で海側には大きな港が作られているとの事。

最初に港に向かってみると、港には何隻《せき》もの大きな船が停泊していた。

港周辺を散策すると異国の人も多く見かけ、露天には異国情緒《じょうちょ》の溢れる品々が並んでいた。

「ほんと、ダンの奴って自分勝手なんだから。普通は誘うでしょ!?」

リオンは珍しく、頬を膨らませ怒っていた。

けれど1人でブラブラと街を歩いているだけでも楽しいと感じている。

「お美しい剣士のお嬢さん、食事の相手はいらっしゃいますか?」

リオンは容姿も良く、1人で歩いているだけで何人もの男性から声を掛けられていた。

1人ずつ断るのも億劫《おっくう》となり、途中からリオンはスキルの力で声を掛けられる前に声を掛けてくる男達から距離を取り始める。

露店を回り、海岸沿いを歩き街を堪能していると、不安そうに周囲を見渡している1人の少年を見つけた。

上等な生地で作られたローブ調の異国の服を着込み、頭にはターバンを巻いている。

気になって様子を窺っていると、少年は正面にある串肉を売っている露店の前で足を止める。

そしてそのまま露店を見つめ始め続けていた。

しばらくすると少年はおどおどしながら露店の店主に声を掛け始める。

「すみません……その肉、1本欲しいんだけど……」

「まいどあり、1本、銅貨3枚だよ」

「あっ、そうか金がいるのか……僕は今、お金を持ってない」

「おいおい、ぼっちゃん。残念だけど、金がないなら串肉は渡せないな。こっちも商売で店を開いているんだ。これが欲しけりゃお金を持って来てくれなきゃ駄目だ。近くに両親とかいないのか？」

「近くに？　今はいない……」

少年は力なく肩を落としていた。

だけどそれ以上は食い下がる事もせずに露店から背を向けて歩き始めようとしていた。

その少年を可哀相に思ったリオンは露店主に金を渡して串肉を2本買うと、少年に駆け寄り1本を差し出す。

「えっ!?　貴方は誰？　その肉を僕にくれるの？」

少年は初めて見るリオンを不思議そうに見つめた。

「私リオンっていうの。見てたけど、この串肉が食べたいんでしょ？　なら私がご馳走《ちそう》してあげる」

「でも知らない人から物を貰ったら駄目だって……」

「そう言わずに受け取って欲しいな。私は2本も食べられないから……」

串肉を近づけると、こんがりと焼かれた肉の香りが少年の鼻孔《びこう》をくすぐる。

ぎゅるるるる。

少年の身体の方は食べたいと大きく反応をしめした。

「あっ」

「ほら、君もお腹も減っているじゃない。遠慮しないで」

「そうだよね。困っている女の子がいたら、男は助けないといけないってシャガールも言っていたから……うん。僕がその肉を1本食べてあげる」

少年は考え方を変え、差し出された串肉を手に取る。

「本当!? 嬉しいな、ありがとう」

リオンは少年に合わせるように大げさに喜んでみせた。

少年は串肉を受け取ると勢いよく肉を食べ始める。

余りに勢いよく食べていくので、少年が空腹で苦しんでいたんだとリオンは理解する。

リオンも少年に合わせて肉を食べ始めた。

「やっぱり1人で食べるより美味しいね」

「うん、美味しい。外で食べる食事がこんなに美味しいなんて僕は知らなかった」

少年は夢中で串肉を食べていた。

「君は1人なの?」

「うん、退屈だったから、軽い気持ちで屋敷から抜け出したんだけど……」

「そうなんだ。じゃあ家の人心配しているかもよ」

「1人、心配性の奴がいるから、きっと僕を探しているかもしれない」

「それって大変じゃない。早く合流しないと家族の人に怒られるよ」

「そうなんだけど道が……分からないんだ」

そう告げた少年は不安そうな表情を浮かべた。

「迷子になっちゃったんだね。それじゃ私も一緒に家族を探してあげるよ」

「いいの？」

「うん」

　こうしてリオンは迷子少年の家族を探す事となった。

◇◇◇

　リオンは迷子の少年の家族を探す前に、詳しい話を聞く事にする。

　話を聞けば、少年やその家族の宿の場所をある程度特定できるかもしれないと考えたからだ。

　少年達はこの街に用事で来ているらしい。

　それまで宿にいる事になっていたのだが、外に広がる賑やかな街並みに興味を持ち、隙を見て泊まっていた宿から抜け出したみたいだ。

「そう言えば、君の名は何ていうの？」

　リオンは少年の顔を覗き込むように近づけた。

「ぼっ、僕の名前はアド……ううん。アドっていうんだ」

「アド君ね。さっきも言ったけど、私はリオンっていうの。リオンと呼んでくれたらいいから。アド君、よろしくね」

「うん、リオンだね。僕の事もアドでいいよ」

「うん、分かったよ。それでアドの家族がいる宿はどんな建物か分かる？」

「はっきりとは分からないけど、大きな建物で外壁が赤い色をしていた気がする」

少し自信なさげにアドは答えていた。

このアドという少年は自分に自信を持っていない感じで、いつも不安そうにしていた。

「大きくて赤い建物かぁ……実は私もこの街の事、あまり詳しくないんだよね。憲兵さんを見つけて相談した方が早く見つかるかもしれないね」

「憲兵は嫌だ」

その返事に困ったリオンは赤い外壁の建物を探すため、とにかく街中を歩き回ってみる事にした。

「何処か見覚えがある景色とかあったら教えてね」

「うん、分かった」

リオンは少年の手を握り、人ごみで逸《はぐ》れないよう対処する。

美少女のリオンに手を握られた少年は頬を赤らめていた。

歩きながら色々話していると、アドの年齢がダンの一つ下だという事が分かる。

たった1歳しか変わらないが、ダンと比べるとずいぶんと幼く見えるとリオンは感じた。

街の地理に疎《うと》いリオンは自分も迷子になったりしないように、出来る限り大通りを進む事にする。

大通りには数多くの露店が開いており、露店には珍しい商品が陳列されていた。

それらの商品は幼いアドの興味を引くには十分だった。

アドは気になる露店を見つける度にリオンの手を引き、リオンは露店の前まで引っ張られて行く。

「アドまた露店に寄るの？　今はアドの家族を探しているんだよ。寄り道ばっかりしていたら、あっと言う間に夜になっちゃうんだからね」

「分かっているって。だけどこの店だけ!!」

「もぅ……仕方ないなぁ。この露店を見たら本当に行くからね」

根が優しいリオンはアドのお願いを断り切れずに何度も露店に立ち寄っていた。

今回立ち寄った露店は、木材を加工して作った子供用の玩具を売っている店だ。

幾つものパーツを組み合わされて作られた魔獣の玩具が、コミカルに動いている。

それに冒険者の姿をした人形もある。

「凄いなぁ、これ面白い」

「うん。面白いね」

次第にリオンも家族探しという目的を忘れて、アドと共に楽しんでいた。

その後も人ごみの中をアドと共に歩いていると、知らない内に纏《まと》わりつくような視線を感じた。

その視線には悪意が混じっており、ずっと付いて来て離れてくれない。

リオンは胸騒ぎを覚え移動する速度を上げた。

しばらく進んでいたが、感じる視線は二つに増えており、リオンは悪い予感を感じる。

「ねぇ、リオン。ちょっと歩くのが速いよ。どうしたの？」

「なんだかおかしいの。もしかしたら誰かに追われているのかも……」

「追われている⁉」

リオンは追われる理由を考えてみる。

この街に来るのは初めてで誰かに恨みを買う事もしていない。

もしかしてこの街に来る途中に戦った盗賊の関係者？

それとも、自分もアドもまだ子供で簡単に誘拐できると考えた人攫《ひとさら》い？

さっきから何人もの男性に声を掛けられているので、自分のせいかもとリオンは考えていた。

アドに申し訳なくなり、リオンは手を引くアドへと視線を向けた。

「それは多分僕が原因だよ。このまま僕と一緒にいたらリオンが危険な目に遭ってしまう。僕の事は大丈夫だからリオンは1人で行って！」

どうして狙われているのがアドなのか？

もしそうだとしても、何故置いて行かなければいけないのか？

アドが言う事にリオンは納得できずにいた。

「アド、何を言っているの？　アドを1人で置いて行ける訳ないじゃない。それにアドが原因だっていうのも私は違うと思うの。とにかく逃げよう」

リオンは人気の少なく動きやすい場所へと移動を始めた。

もし戦う事になったとしても、自分の長所であるスピードを生かせる広い場所がいいと判断したからだ。

幾つもの路地を通り抜けている内に少しずつ街の中心から離れて行く。

後ろを振り返るとローブに身を包んだ男性が確かに追いかけて来ていた。

「間違いない。私達は追いかけられているみたい」

「だから僕を置いてリオンは逃げて‼」

「そんな事出来る訳がないじゃない。それは絶対にしないから。最悪、捕まる位なら戦ってでも……」

リオンが必死に逃げている理由はただ一つ、出来る事なら戦闘はしたくないからだ。

これから黒い市場の対策で行動するのに関係のない所で目立つ訳にはいかない。

更に相手が刃物を持ちだして交戦し相手を殺してしまったら、この街の衛兵にどう説明すればいいのか？

ラベルが傍にいてくれるのなら、こういう時にアドバイスや指示をくれるのだが、どんなに周囲を見渡してもラベルの姿はない。

ラベルがいないという焦りから鼓動が速くなっているのが分かる。

リオンは自分がいかにラベルに依存《いぞん》し頼っていたのかを痛感していた。

そのまま路地を抜けようとした時、出口側に1人の影が立ちふさがっていた。

「挟み撃ち!?　嘘でしょ、そこまでやるの？」

リオンは急停止を行い、仕方ないとばかりに抜剣《ばっけん》しようと構える。

現れた影はお構いなしに走って近づいて来る。

リオンが剣に手をかけた時、アドが叫んだ。

「リオン、敵じゃない。その人は僕達の味方だよ！」

「えっ！　味方!?」

「アドリアーノ様、今御助《おたす》けを！」

「シャガール！　この人は敵じゃない。敵は後ろの2人組だ」

「承知!!」

近づいた男の姿はアドと同じ異国の服を着ていた。

頭にはターバンを巻き、革製の軽装の上から薄いローブを重ね着して隠している。

腰にはシミターと呼ばれる湾曲《わんきょく》した短剣を2本下げていた。

シャガールはリオンの傍を通り抜けながら、両手で短剣を抜くと追いかけて来た男達の前に立ちはだかる。

「貴様達、一体なんの用だ？」

「邪魔だ、どけ!!」

「お前達の狙いはアドリアーノ様という事でいいんだな？」

「こうなったら仕方ない。この男諸共《もろとも》全員始末するぞ」

ローブの男達は剣を抜きシャガールに飛び掛かる。

2人同時の攻撃だというのに、シャガールは両方の攻撃を片手で軽々と受け止めていた。

そしてそのまま2人を後方にはね飛ばす。

「ぐわぁぁっ！　なんて馬鹿力なんだ」

「ふんっ、お前達が貧弱なだけだ。剣を抜いたって事は覚悟が出来てるって事でいいんだよな？」

シャガールが睨みを利かせると、ローブの男達は互いの顔を見合わせた後、そのまま背中を見せ逃げ始めた。

シャガールは男達の姿が見えなくなった後、両手に持つ剣を鞘《さや》にしまう。

「無理に追う事もないだろう。今はアドリアーノ様の安全が最優先だ」

リオンは一連の戦いを見て、シャガールが只者でない事を理解した。

「とても強い人。私とは身体の鍛え方が全然違う」

「シャガール来てくれたんだ」

「アドリアーノ様、ご無事でしたか？」

リオンの元から離れたアドがシャガールの元へと近づき保護される。

これでリオンの役目も終わりだ。

「アド、ご家族が見つかって良かったね。それじゃ私はこれで」

「あっ、リオン待って！」

アドはシャガールに何やら話していた。

すると今度はシャガールが近づいてきて、お金が入った小袋をリオンに差し出した。

その袋の膨《ふく》らみから想像しても大金だと分かる。

「アドリアーノ様を助けて頂きありがとうございます。少ないですがこれはお礼です。どうかお受け取りを」

「お金が欲しくて助けたんじゃないから。お金なんていらない」

「それではアドリアーノ様の面子《めんつ》が立ちません。何とぞ今回のご恩《おん》を返させてください」

もう一度シャガールはリオンにお金を差し出した。

しかしリオンもこんな大金を貰うつもりはなく、どう返答すればいいのか困ってしまう。

「それならリオン、これはどう？」

「それは何？」

2人のやり取りを見ていたアドが近づき、自分の手首に着けていたミサンガを取り外しリオンに差し出した。

「これは僕の国で作られている装飾品なんだ。結構古い物だから見た目は変でリオンが気に入るか分からないけど、今日のお礼としてこれ受け取ってくれない？」

リオンが視線を向けると、細かな刺繍《ししゅう》が入ったミサンガだ。

アドが言った通り年季も入っており、それ程高い品ではないだろうとリオンは判断した。

「この位なら……」

「それじゃ手を出して、僕が結んであげるから」

リオンは言われるまま、手を差し出すとアドがミサンガを結ぶ。

「出来る限りずっと着けててね。このミサンガには身に着けた者を守る力が込められているんだよ」

アドがリオンへ嬉しそうに笑いかけてきた。

「うん、分かった。ありがとう」

リオンも素直にお礼を告げる。

「アドリアーノ様……その、よろしいので？」

「うん。僕は他にも似たような物を持っているから」

「アドリアーノ様が、そう仰《おっしゃ》るのなら」

シャガールはリオンに対してもう一度深く礼をして別れを告げた。

「それでは私達はこれで失礼します」

「はい。アドもう勝手に抜け出したら駄目だよ」

「うん。分かってる。リオン、今日は凄く楽しかった。ありがとう」

2人は路地から出ようとした時、複数の人影が合流して来た。

どうやら多くの人がアドの事を探していたのだろう。

「アドは一体何者なんだろう。あのとても強い人がアドリアーノ様って呼んでいたし、どこかの大商人の息子さんとか？」

リオンはその後、家族のためにお土産を買って宿屋に戻った。

明日からはリオンもラベル達と行動を共にする事になっている。

リオンは気合を入れ直し、頑張ろうと心に誓う。

リオンは任務に集中するため、アドの事は記憶の隅に追いやった。

しかし再会の時はすぐに訪れる事となる。

第十三章　黒い市場

俺達は今、式典で使用される競技場の調査をしていた。

スクワードが事前に式典に参加する伯爵家と、オールグランドの代わりに警備の任務を受注しているギルドとの間にパイプを作っていたおかげで、俺達も警備活動に参加できるようになっていた。

スクワードは相手に信用して貰う時、仮面を取り自分達の正体を明かしているので、この場に於《お》いては俺達もオールグランドの一員として認識されている。

「広いなぁー、この競技場でどんな事をしているんだろ？」

ダンは興味深そうに周囲を見渡し感心しきりだった。

「ダン、今は遊びじゃないんだからね。ちゃんと競技場の構造を頭に叩き込まないと駄目なんだよ」

「分かってるって！　ちょっと周りを見ていただけじゃないかよ！　リオン姉ちゃんもそんなに怒らなくてもいいだろう！」

リオンが俺の方を向いて、困った顔を見せてきた。

自分が言っても聞かないから、ダンを叱《しか》って欲しいのだろう。

「ダン、リオンの言う通りだぞ。真面目にやれ」

「はーい」

「ダン、ふざけないでちゃんと返事して」

「この競技場は武術大会や式典で使われたりするんだ。1万人位は収容できそうだから、かなり広い競技場に入る分、部屋も多くて覚えるのが大変そうに思うが、ダンジョンに比べたら全然狭いから、ダンも頑張れば覚えれる筈だ」

「1万人の人ってどの位か分かんないけど、なんかすげーよな」

ダンは大げさに驚いている。

「式典の最終日にこの競技場にグランシールの王子がやって来る。人々の前に姿を見せるのはほんの少しだけだが、俺はここで行われる式典が怪しいと睨んでいる」

「予定表を見たけど、王子様ってパレードに出たり、いろんな会場に顔を出すんだよね？」

「そうだ。街中で開かれている多くの催《もよお》し物に呼ばれているからな」

「それじゃ王子が現れる場所全部守るの？」

「万全を期するならその方がいいだろう。実際、大きなイベントにはそれなりの人員が配置されている。黒い市場だって警備が厚い場所で騒動を起こす馬鹿じゃない筈だ」

「うん」

「だから俺達は警備が薄くなりやすい場所に絞って警護に当たっているんだ。一番可能性が高い場所をカイン達が警備してくれるから、俺達はこの会場を警備する事で話がまとまったんだ」

「どうしてこの場所が怪しいと思ったの？　パレード中なら何処からでも襲えると思うから私ならパレードを襲うって思っちゃうかも」

リオンは自分でも考えているようだ。

こういう風に自分で物事を考えて成長してくれる事が俺は嬉しかった。

「実はパレードもこの競技場もそうだけど、実際はかなりの人員が配置される予定なんだ。だけどパレードと競技場では大きく異なっている事がある。お前達にそれが何か分かるか？」

俺は2人に問いかけてみる。

「えっとパレードは移動しているけど、ここは動かない？」

まず最初にダンが答えた。

「おっ？　惜しいな。考え方はそれでいいが少し違うな」

「ちぇっ、正解だと思ったのによ」

「う〜ん。パレードの方は襲われても逃げやすいけど、競技場は建物の中だから逃げ辛い？」

俺の補足説明を聞いて、リオンが答えを修正させた。

「リオン、正解だ」

「人が多く集まる所は、警備も厳重でギルドも総力を挙げて人員を配置している。パレードのルートは前日まで公表されないうえに、狙撃《そげき》が出来そうな場所は調べ上げられ、公表される前に全て押さえられているんだ」

俺は2人にも分かる様に説明していく。

「もしパニックを起こすのが目的なら人が多い場所を襲えばいいが、あいつ等の目的は多分招待された王子だろう。そう考えるなら、パレード中に襲われる可能性は少ないと俺達は見ている」

「そうなんだね」

「それに、もし黒い市場が強硬手段としてパレードを襲ったとしても、観覧者に紛れて逃げられる可能性が高いから、目的は失敗に終わるだろう」

「確かに……街の中は多くの道が繋がっているから、逃げやすいよね」

リオンは経験している風な素振りで妙に納得していた。

「この競技場は建物内で、1万人という多くの観客はいるが、競技場内で観客と王族は切り離されている。だから王子の逃げ道さえ防げれば後は袋のネズミっていう訳だ」

リオンは俺の言葉に何度も頷き、納得してくれた様子だ。

俺達は競技場の調査を再開させた。

◇◇◇

「ラベルさん、それでこの競技場でどんな式典をするの？」

石灰を固めて積み上げられた石面の壁を、人差し指程度の鉄の棒でトントンと叩いていた俺に向かってリオンが尋ねる。

その時の俺は打音を聴いて、石壁に空洞《くうどう》がないかを調べていた。

打音さえ聞けば、見た目を誤魔化していても内部が空洞になっているか位は判断できる。

いくら警備を厳重にしても、警備の始まる前に何か仕掛けられていたらどうしようもない。

リオンの質問に答えるために、俺は一度作業をやめた。

「なんか演劇をやるみたいだぞ。劇が終わった後に第七王子が祝辞《しゅくじ》を述べて終了って感じだ」

「へぇー、演劇をやるんだね」

「演劇なら俺も見たい!!」

「確か演劇の内容は、サイフォンの街に港を建設してグランシールに出航するまでの苦悩を描いている感じだったかな？」

　簡単なストーリーしか俺は知らない。

「へぇー、それで演劇って誰がやるの？」

「サイフォンで活動している劇場の劇団員だよ。俺も怪しいと思って事前に確認を取ったが、3年前からこの街で活動している劇団で、実績もあって信用できるみたいだな」

「そうなんだ」

「後この競技場は大きいし一般の観客も入るから、敵が紛れ込むには最適な場所だろうな」

「なら、注意するのは一般の観客の人？」

「基本的にはそうだと思っている」

「でも1万人の人がいるんじゃ、紛れ込まれたら見つけるのが大変そう」

「それは結界石《けっかいせき》を使うから、何処に潜《ひそ》まれてもなんとかなるんだよ」

「結界石？」

　リオンとダンは結界石を知らないらしい。

　丁度《ちょうど》いい機会だと判断し、俺は結界石の説明を始めた。

「結界石っていうのは、加工した魔法石に魔力を流す事により近くにある結界石へと透明な魔力幕を発生させる魔法石の事だ。この魔力幕は流し込む魔力によって強度が変わるから、強固な結界を作りたい場合は複数人の魔法使いで大量の魔力を注ぎ込めばいいって感じだな」

「凄く便利そうじゃん。ダンジョンでも使えばいいのに」

　いつもは俺の話に興味なさそうにしていたダンも結界石には興味を持ったようだ。

「ダンジョンで使うには魔力消費が激しすぎて難しいだろうな。ピンポイントには使えるかもしれないが……」

「そっかー。結界石を盾のように使えたら面白いのに」

中々、面白い発想だと俺は思った。

「その結界石を一般観覧者のスペースと中央の演劇スペース、そして来賓のスペース、三つに分かれるよう様に発動させる。各ブロック以外は行き来が出来ない様に仕切る感じだな。どこで問題が起こったとしても、その範囲内を警護する者が素早く駆けつけ対応し、他のブロックには影響が出ないようにする予定だ」

「なるほど、それなら安心だね」

「俺も分かったよ」

俺達はその後も1日中、競技場の中を歩き回り、壁や床に細工がされていないかを調べ回る。

調査の結果、特に怪しい箇所は見つからなかった。

これで事前に何か仕掛けられている可能性は少ない。

式典は明日からなので、俺達も今日の夜からこの競技場で寝泊まりする予定だ。

◇◇◇

まぶしい太陽の光で目が覚める。

夜の警備は正式に依頼を受けているギルドの冒険者達が行ってくれていた。

俺達は応援という扱いなので、警備を請け負っているギルドと仕事を分け合えるので、負担が減って俺としては助かっている。

俺達は空いている部屋を借りて、3人で休んでいた。

俺の隣ではリオンやダンが今も眠っている。

俺は2人を起こすと朝食の準備を始めた。

「顔を洗って飯を食ってしばらくしたら交代する時間になるからな」

「おはよう。いよいよ今日からだね」

「うっひゃー。俺も緊張してきたー」

「リオンもダンも気負《きお》うのは最終日だけでいいと思うぞ。この競技場は最終日にしか使用しない。黒い市場も王子もいないのに攻めて来るような馬鹿じゃないだろ？」

「うん。そうよね」

「おっけー、それにしてもいい天気だ。なんか街に飛び出したくなってくるよな」

ダンは窓を開けて、大きく背伸びをしていた。

「サイフォンは毎年、この時期は天気が続くからな。風も止まっているし式典中も多分、こんな天気だろう」

俺が用意した朝食を食べ、俺はリオン達を引き連れて、定期連絡のためにカイン達の元へ向かう。

カイン達は別の場所の警備を担当しており、今も似合いもしない鉄仮面を被っていた。

「おい、ゴリラ。お前が一番目立っているぞ。それじゃ警護というより威嚇《いかく》だな」

「おっ、ラベルか!?　いよいよだな」

カインが元気よく答えた。

腕を回転させ、筋肉をほぐし始める。

「ラベル、よく気付いてくれた。そうなんだよ。こいつはいっつも目立つ事ばかりしやがる。それに目立つ事を自覚しているくせに、前に出たがるだろ？　日頃の俺の苦労、分かってくれよ」

苦労人のスクワードが嘆いていた。

その様子をアリスが見て笑っている。

今回、俺達は最終的に襲撃場所を3ヵ所に絞り込んだ。

各場所に人員を配置するが、襲撃される可能性の高さに応じて人員は変えていた。

最も有力な場所が大聖堂である。

この場所にはカインとアリスの部下の手練れ5人を配置した。

次の候補として聖歌ホールだ。

この場所にはスクワードとスクワードの部下が配置された。

カインとスクワードが警備する二つの場所は、室内の催しで王子が逃げ辛いという条件に当てはまっている。

建物も競技場より大きくはないので、少人数で襲うには適している。

しかし一般者が入れない催しなので、襲撃者が人ごみに紛れるという作戦は使えないだろう。

そして残る競技場には俺達3人にアリスを加えた4人が配置された。

「なぁラベルさん、今気付いたんだけど、競技場を守るのにたったの4人だと少なくない？」

昨日説明してやったのに、どうやらこいつは全く聞いていなかったみたいだ。

「坊主《ぼうず》、俺達はあくまで応援だからな。俺達以外にも多くの冒険者が同じ場所を警備しているから安心しろ！　俺達は自分達の持ち場で自由に動いて問題が発生すれば、手助けをする感じでいい」

スクワードが簡単に説明してくれた。

「そうか。それなら大丈夫か」

「ダン、本当にやめて私まで恥ずかしくなるから……」

リオンが嘆いている。

この場で軽く打ち合わせを行った後、俺達はそれぞれの持ち場で警備を開始する事となる。

「それじゃ、今から俺達は臨時のパーティーだ。アリスよろしく頼むぞ」

「うん、任せて！」

「アリスさん、お願いします」

「アリスねーちゃん、一緒に頑張ろーぜ」

俺達は互いに軽い挨拶を行った。

ダンジョンには何度もこのメンバーで潜っているので、特に気を遣う事もない。

別れ際にカインがアリスに声を掛けた。

「今回はお前にとってはいい勉強にもなるだろう。気張《きば》って行けよ」

「えぇ、分かっているわ」

軽い別れの挨拶をしただけで、俺達は各自の持ち場へと移動を始めた。

俺達は競技場に戻ると、建物内を巡回しながら警備を始める。

演劇に招待されている来賓客は、自分専用の護衛を連れて来ているし、観客席には30名以上の冒険者が競技場の警備に駆け付けてくれる手筈となっていた。

なので俺達4人は来賓客側の警備に専念できる。

今日は式典が行われないので、周囲の警備を行うだけだ。

軽く建物内を見回った次は近づく者がいないか警戒作業へと移る。

「ダンは屋上から見張っていてくれ。リオンはアリスと共に外の巡回警備を頼む」

俺も3人の死角になる場所をメインに警戒を行うつもりだ。

「競技場の構造は頭に入ってるだろうな？　何かあった時に場所が分からないじゃ済まされないぞ」

「うん。大丈夫」

「俺もなんとか覚えたぜ」

2人とも俺の指示で競技場の間取りを覚えてくれているようで良かった。

その後、式典が始まって1日目は何事もなく終了する。

日が落ちても、街の中心部から楽しそうな曲が聞こえてくる。

しかし俺達はこのまま競技場で寝泊まりする予定だ。

夜になり、スクワードが食料を調達してきて持って来てくれた。

「街の様子はどうだった？」

俺はスクワードに声を掛ける。

「3年に一度の祭りだからな。流石に盛り上がっているぜ。しかし酒を飲んだ男達がいろんな店で喧嘩《けんか》を始めるせいで、憲兵の手が足らないって言う話を聞いた」

「そりゃ大変だな」

街を挙げての祭りのため、多くの者達が関係者に雇われ街の警備に参加している。警備をする者は腕に目立つプレートを着けているので、誰が見ても警備の者と分かるように工夫されていた。

街の事は憲兵に任せるとして、俺達は狙いを付けたこの場所を守る事に専念したい。

◇◇◇

2日目の朝、夜間警備の者との引き継ぎを行う。

昨日は特に人影を見なかったとの事だが、周囲からは時折、人の気配は感じたとも言っていた。

俺は定期報告でカインの場所に訪れていたので、顔を出し相談してみる。

「カインどう思う？」

「分かんねーな。どの程度の警備が入っているのか？　探りを入れて来た可能性もある。　とにかく俺達は怪しいと睨んだ場所をしっかりと守る事しか出来ねーよ」

「そうだな」

2日目も何事もなかったが、スクワードの得た情報によれば街の混乱は拡大しているようだ。

各地で喧嘩が起こり、収容所も限界に近いらしい。

憲兵だけでは足りずに、応援の警護を任されている冒険者も駆り出されているとの事。

「これは確実に誰かが手を回しているだろうな」

スクワードは自分の見解を述べる。

「こちらの戦力を割くためか？」

「まぁ、そんなところだろう」

「王族の顔を直接見る事が出来る場所は限られているからな。黒い市場の狙いが王族だとしたら確実に俺達が見張っている場所の何処かで動いて来る筈だ」

「俺もスクワードの意見と同じだ。何事もなく終わるって事だけはないだろうな」

「ふんっ、来るなら来やがれってんだ。俺に手を出してきた事を必ず後悔させてやる」

カインは獣のような飢えた気配をまとわりつかせた。

その気配を感じ取った俺は全身の毛が一瞬で逆立っていた。

そして当たって欲しくもない予感を抱いたまま、俺達はついに最終日の朝を迎えた。

今日まで競技場では目立った動きは一切ない。

しかし逆に静かな事が不気味で俺に恐怖を感じさせる。

最後まで予感が外れる事を願っていたが、その願いが叶う事はなかった。

◇◇◇

3日目、最終日の朝。

多くの市民がこの競技場へと詰めかけて来ている。

入口前には長蛇の列が出来、１人ずつ入場証の確認と身体や持ち物のチェックが行われている。

武器や武器になりそうな物は持ち込み禁止で、ここで安全を確認できた者しか入場が出来ない。

武器の持ち込みを許されるのは来賓の護衛のみ。

俺達は警備している来賓エリアの外壁の窓から、続々と入って来る来賓の馬車を眺めていた。

カインとスクワードのパーティーもそれぞれの持ち場を警備している。

王子の予定は最初にカインが警護する大聖堂に寄った後、スクワードが警護する聖歌ホールに立ち寄り、聖歌隊の合唱を聴いた後、最後にこの競技場へとやって来る。

1日でこれだけの催しを回らなければいけない王子が可哀想に思える位だ。

しかし今日は最終日、今日を乗り越えれば王子にもいつもの日常が戻るだろう。

「こっち側には豪華な馬車ばかりやって来るぞ」

ダンが窓から顔を出しながら、絶え間なく到着する豪華な馬車を見て興奮していた。

「丁度この窓の下に来賓専用の入り口があるからな」

「王子様って道中襲われたりしない？」

「通路には来賓以外も多くの人が行き来しているから襲えば目立つだろ？　しかも道中はギルドも警戒して人員を配置しているし、来賓者には専用の護衛が張り付いている。少人数で襲っても逃げられるのが関の山だ」

「なるほど、言われてみればそうかも」

「もし狙うなら道中よりも馬車から降りて逃げる場所や方法がない競技場《ここ》だろう」

俺は自分達が立つ床をトントンと踏みつけてみせた。

「うっわ～、凄い馬車が来たぞ。あれ？？　同じ馬車が三台も!?」

「あれが第七王子の馬車だ。どの馬車に王子が乗っているのか分からないように工夫されているんだろう。見た感じだと護衛の人数は30人を超えているようだな。全員だと邪魔になるし、式典の間、王子の傍に付くのは側近の数名だけだろう」

「流石は王子様ってところだよな」

ダンは窓から出していた頭を室内に戻した。

「さて、おしゃべりは此処までにしよう。王子がやって来たぞ。俺達も気合を入れて行くぞ」

「うん」

「俺も頑張るぜ」

「いよいよだね。私も2人に負けないようにしないとね」

それぞれが意気込みを見せた後、俺達は周回警備を始めた。

◇◇◇

受付を済ませた一般観覧者が次々と競技場へと入って来た。

遠く離れた来賓側からでも人々の熱気が伝わって来る。

誰もが今から始まる冒険活劇を楽しみにしているんだろう。

「凄い……満席だね」

「この式典は意外と人気があるらしい。入場証にはプレミアがついているってスクワードが言っていたからな」

「じゃぁ、私達って此処にいるだけでも凄いんだね」

「そうだな。だけど俺達がやるべき事は劇の鑑賞《かんしょう》じゃないからな。残念だけど劇の方は別の機会に楽しもう」

「うん、任務が終わったら一緒に見よう。約束だよ」

「あぁ、約束だ。この依頼が終わったらダンと3人で行こうな」

「俺もいいの？　やったー」

「あのぅ……ギルドのメンバーじゃないけど、私も一緒に……いいかな？」

ダンの隣でちゃっかりアリスも参加を表明していた。

「勿論だ。俺達が断る訳がないだろ？　変な気を遣うなって」

「アリスさんも来てくれるの？　やった楽しみ！」

「アリスねーちゃんは仲間みたいなもんだからな」

最終的にはこのメンバーで後日、劇を見に行く事が決定する。

式典の劇が始まり、全員の視線が劇に釘付《くぎづ》けとなっていく。

「こういう時が危ない。みんな周囲に注意してくれ」

「うん」

俺達は怪しい動きをする者がいないか？　周囲に視線を向けた。

しかしそれから2時間が経過しても誰も動く気配はなく、演劇はクライマックスに向かって行く。

競技場は3階構成の建物で、観客エリアと来賓エリアに分かれている。

観客エリアが約七割で来賓エリアが二割といった感じだ。

そのどちらのエリアも1階から3階まで用意されている。

後は競技場中央部に演劇が行われている演劇エリアがあるだけだ。

俺達は来賓エリア側の最上階から全体を見下ろしている。

一応、俺達は警備の応援という立場なので、来賓エリアには別の冒険者達が警備活動をしている。

そういう訳で普通の警備は彼等に任せて、俺達は最上階の一番高い場所から競技場全体を見渡しながら、変化に合わせた動きが出来る様にしていた。

その間も演劇はクライマックスを迎え、会場の盛り上がりは最高潮《さいこうちょう》を見せている。

「いつ動く気だ!? 黒い市場に残された時間は殆どない筈だ。俺達の勘が外れたのか？」

俺は内心焦っていた。

敵がいつ動くか分からない分、ずっと神経を研ぎ澄《す》ませているから精神的にもきつい。

競技場内は結界石に区切られているので、多くの観客がいる観客エリアからは来賓席エリアには一切手出しが出来ない状況だ。

外部からの襲撃は少ないと考え、次に俺は来賓客やその護衛達に注意を向ける。

誰が動く？　誰が動くんだ？　と注意し続けていたが、結果としては何も起こらなかった。

そのまま演劇は終演を迎えた。

演者達は演劇エリアの舞台上に並ぶと、来賓エリアや観客エリアに向かい大きくお辞儀《じぎ》を始めた。

脇役から裏方まで全ての関係者が姿を見せる。

総勢で50人といったところだろう。

周囲からは大きな拍手が湧き起こり、演劇を見ていた観客や来賓者達は立ち上がり、スタンディングオベーションが始まった。

「ラベルさん……演劇が終わっちゃったね」

「そうだな……終わったな。この後は王子による祝辞で終わりだ。それまで気を抜かずにいこう」

「うん。分かった」

スタンディングオベーションが鳴りやむと、来賓エリアの一階に設置されている一番豪華な席に座っていた王子が立ち上がる。

距離があるので顔はハッキリと確認できない。

手には拡声魔具《マイク》を持っており、口に近づけ話し始めた。

「素晴らしい演技であった。今日の式典を経て、両国の絆はより一層深まった事だろう」

王子の祝辞が始まり、競技場内は静まり返っていた。

ただ響くのは王子の声だけだ。

「この声……どこかで聞いた事があるような？」

リオンは小首を傾《かし》げた。

王子の演説はその後も進む。

その時、演劇エリア内で一列に並んでいた演者達が突然、劇で使った舞台装置の分解を始めた。

そして解体した素材を再度組み立て直す。

その手慣れた動きは滑らかで、まるで演技がもう一度始まったかのようだった。

ベッドの骨組みは再度組み立て直され、槍《やり》に変わる。

壁に補強として組み込まれていた鉄板は刃状に分解でき、取っ手を取り付けて剣へと変わった。

ほんの数分で舞台装置は綺麗さっぱり消えていた。

1人ひとり武器を手に取り、何処からともなく現れた黒髪の女性が先頭に立つ。

女性の目元の一部は仮面で隠されており、素性《すじょう》が誰なのか知る事が出来ない。

誰もが何が起こったのか理解が追いついていない。

あっけにとられ、ただ黙って様子を窺っていた。

「お集まり頂きました皆様には今から第二幕をお見せいたしましょう。ごゆるりとお楽しみください」

そう言いながら深々と首を垂れた。

そして頭を起こすと同時に劇団員全員が来賓エリアに向かって走り寄って来た。

「敵襲だぁぁぁーーー」

俺は襲撃者達が武器を手にした瞬間から、観客エリアに向けて大声を張り上げ叫んでいた。

「まさか劇団員全員が黒い市場の襲撃者だと？　劇団は大丈夫だって言ってたんじゃねーのかよ？　どうなっているんだよ。糞ったれがぁぁ!!」

まんまと出し抜かれてしまった。

悔しく、歯痒《はがゆ》い気持ちからつい愚痴がこぼれる。

しかし舞台装置にあんな仕掛けがされていたとは誰も考えないだろう。

誰もが襲撃された事を理解し始め、次々と騒ぎ始める。

「でも、結界があるから襲撃者側からこっちには手出しは出来ないんじゃ？」

リオンが推測を口にする。

確かに来賓エリアと演劇エリアには魔法石によって結界が張られており、簡単には進入できない。

だがそんな事は黒い市場の連中も最初から分かっている事だ。

「確かにリオンの言う通りだが、そんな事は相手も分かっているだろう。きっと何かある筈だ。俺達はとにかく1階に急いで迎撃するぞ」

「それがいいね」

アリスは同意すると誰よりも速く動き始めていた。

やはりこういう時の判断力や初動の速さは、場慣れしているアリスがリオン達よりも数段上手だ。

アリスの後を追ってダンが続く。

「リオン、俺達も行くぞ」

「うん」

1階を目指しながら横目で演劇エリアを見てみると、黒い市場の襲撃者が結界に近づいていた。

今から結界に攻撃を仕掛けるのだろう。

結界が攻撃された場合、結界を張っている術者の魔力がダメージの割合で消費される。

そして術者の魔力が尽きた時、結界が消滅してしまう。

しかし次の瞬間、来賓エリアと演劇エリアの間の結界が攻撃も受けていないのに消えていく。

「なっ⁉」

驚いて結界石に魔力を注いでいる筈の魔法使いに視線を向けると、内通者が忍び込んでいたようで、結界を維持していた魔法使いが地面に倒れていた。

魔法使いの背中からは大量の血が流れ、背後から剣で攻撃されたのだと一目で分かる。

魔法使いを守るために護衛も配置されていた筈だが、どうやら倒されているようだ。

「チッ、来賓の護衛に紛らわせて、数名だけ忍び込ませていたって感じか。狡猾なっ!!」

そのまま黒い市場の襲撃者達は全員が結界を越えた後、数名が立ち止まると今度は結界石に魔力を注ぎ、再び結界が構築された。

どうやら俺達は敵が張った結界内に閉じ込められてしまったようだ。

俺はその場で止まると、襲撃者達を睨みつける。

その洗練された動きを見て、仮面の女が高らかに笑っていた。

「ご丁寧《ていねい》に壁を作ってくれているんだから。これを利用しないなんて馬鹿よ」

「上手くいきましたね」

「これで後は結界内にいる者達は結界内に閉じ込めたわ。後は皆殺しにすればいいって訳。うふふ、あいつ等がいくら警備の数を増やしたって、手出しできないんじゃ意味がないって分かったんじゃない。さぁ遠慮はいらないわ、王子以外は全員殺してしまいな!!」

「おおぉぉー!」

盛り上がっているその様子を見て、俺は焦りを覚えた。

「急がないとやばいな。ギルドの判断で観客エリアに冒険者の数を割いている分、来賓エリアで戦える者の数が少なすぎるぞ。一応、来賓者には護衛が付いているが、個別に戦っていたら一気に押しつぶされる」

「それじゃ私たちはどうしたらいいの?」

「とにかく1階に向かって劣勢の者に加勢しよう。1人でも多く助け戦力を集め対応するしかない」

貴族や商人が連れて来ている護衛達は、自分の主を守るのが精一杯で、他の者達と連係を取って戦う余裕はなさそうだった。

その後、俺とリオンは最短ルートを通り、3階から2階に駆け下りた。

すると2階で襲撃者から逃げていた来賓者の一団と遭遇する。

本当は外に逃げ出したかったのだろうが、結界内に閉じ込められているので、仕方なく最上階を目指しているようだ。

「クソ、邪魔で速く動き辛い」

「私に任せて！」

リオンは俺の手を握ると、そのまま俺を引っ張り始めた。

リオンは自分の能力で、押し寄せて来る人波の隙間を縫《ぬ》って進んでくれている。

リオンのおかげで俺達は時間をロスする事なく、1階にたどり着いた。

演劇エリアから来賓エリアの1階観客席に侵入した襲撃者は、逃げ遅れた者達と戦闘を繰り広げていた。

そこら中から叫び声や悲鳴が聞こえて来る。

「俺達も行くぞ」

「うん」

そのまま俺とリオンは戦闘が行われている観客席の中へと突入して行く。

◇◇◇

冒険者と襲撃者の戦闘がそこら中で行われており、観客席は既に乱戦状態だった。

ぱっと見ただけでも襲撃者の方が数も多く、優勢に戦いを進めている。

今の状態から察すると、どうやら警備の冒険者達は既に殺されているのだろう。

後は俺の予想通り、来賓者が連れて来ていた護衛は自分の依頼主を守るのが精一杯で、他の護衛と連携など取る余裕は誰にもなさそうだった。

一方、襲撃者の方は1人に対して複数で囲い込み、数の力で優位に戦いを進めている。

「リオン、俺達も援護に入ろう。とにかくやられそうな人を見つけたら助けてやるんだ」

「うん」

少し離れた場所ではダンが襲撃者達に向けて矢を放っていた。

ダンは正確に襲撃者だけを射抜いている。

「アリスねーちゃんは、前の敵に集中しててい一からな。後ろから近づく奴は俺に任せてよ」

そしてダンが倒した襲撃者の近くではアリスが戦っていた。

「ダン君、ありがとう。それじゃ私も全力で行くよ」

アリスは圧倒的な戦闘力で自分の近くにいる襲撃者を次々と倒していく。

その様子を見て、俺はダンとアリスは大丈夫だと判断した。

だが時間が経つにつれて戦況は悪くなっていく。

俺は素早く全方位を見渡し、劣勢に陥っている場所を見極めた。

「リオン、あの逃げ遅れている集団を助けてやってくれ。助けた後は、生き残っている者達と合流するように伝えるんだ。行ってくれるか？」

「うん。任せて」

俺が指をさした一団は、他の所に比べ激しい戦闘を繰り広げていた。

今も3人の男達が倍以上の襲撃者に襲われている。

リオンは走り出し剣を抜くと、襲撃者と冒険者の間に無理やり割り込んだ。

冒険者は襲撃者の攻撃を受けて、地面に倒れ込んでいる。

「応援に来ました。今の内に態勢を立て直してください！」

護衛の冒険者にそれだけ伝えると、剣を振りかぶって止めを刺そうとしていた襲撃者の懐に飛び込んでそのまま切り裂いた。

「すまないっ、助かった！」

冒険者はすぐに立ち上がると、近くの仲間の元へと戻って行った。

「此処は危険です。今は結界が敵に奪われています。だから私達は閉じ込められている状況です。ここは一旦敵のいない建物内に退いて、こちらも戦力を集結させて戦いましょう。だから今は建物へ向かってください！」

リオンが一団にそう声を掛けた時、一団の中から聞き覚えのある子供の声が聞こえた。

「リオン!?」

「えっ嘘。アドッ!?　どうして君が此処に？」

どうやら2人は知り合いのようだった。

◇◇◇

少年に気付いたリオンは目を見開き、動きを止めた。

「リオン？　おい、何をしているんだ⁉　襲撃者はまだ目の前にいるんだぞ」

俺はリオンを叱咤《しった》しながら、無防備なリオンに襲い掛かる襲撃者へ蜘蛛の糸を投げつけた。

俺が投げた蜘蛛の糸は襲撃者に命中し、その場で身体に絡まり始めると襲撃者の動きを封じる。

「貴方は先日、アドリアーノ様を守ってくれた⁉　まさかこんな場所で会うなんて」

少年の目の隣にいた男がリオンに話しかけてくる。

鍛え上げられた男の身体を見ただけで、かなりの実力者である事を俺は一瞬で見抜く。

「お前達、知り合いなのか？　今は話している余裕はない。あんた達も早く建物の中へ急いでくれ」

俺はリオン達に声を掛ける。

「貴方の言う通りだ。今はアドリアーノ様を安全な場所に！」

少年の傍にいた男は俺に同意した。

俺は男が口にしたアドリアーノという名前を聞いて驚いた。

それは、この少年こそが海運国家【グランシール】の第七王子だったからだ。

黒い市場の目的が王子ならば、この王子を守り切れば俺達の勝ちという事になる。

その王子がどういう訳か分からないが、リオンと顔見知りときている。

どうして2人が顔見知りなのか知りたかったが、今は時間がない。

「リオン、お前は第七王子様に付いてやってくれ。競技場内で道案内をして安全な場所まで連れて行ってやれ」

「えっ王子様⁉　嘘でしょ⁉」

「多分、合っている筈だ。今は時間がない、とにかく急げ！」

「でもっ、それじゃラベルさんはどうするの？」

「俺はアリスとダンのサポートに回る。お前のスキルは絶対に王子の役に立つ！」

リオンは少年に視線を向ける。

そして俺に顔を向け直した時には答えを出していた。

「分かった。ラベルさん、私が絶対にアドを守り抜くから安心して！」

リオンも自分の役目を理解し、覚悟を決めてくれた。

「アド、私を信じて付いて来て。競技場の構造なら全部頭の中に入っているから」

「先日に続き何度も申し訳ないが、よろしくお願いします」

護衛の男が頭を下げた後、リオンは王子達を引き連れ、観客席から廊下へと入って行く。

俺は妨害として火炎瓶を大量に投げつけ、襲撃者の追撃を遅らせながら少しずつ下がり、ダンとアリスに合流を果たした。

避難している王子の援護をするためにも、俺達は出来る限り追っ手の邪魔をしなければいけない。

俺はダンとアリスに状況を説明した後、一旦引く事を提案する」

その後は３人で敵の動きを牽制しながら戦い続けた。

「この場所はもう抑えきれない。俺達は殿《しんがり》を担当して、敵の進行を少しでも遅らせるんだ」

「だけど実際厳しいよ。だってこっちはたったの３人で、相手は俺達の十倍以上はいるんだぜ」

観客席にいた来賓者達も無事に建物内に逃げたか、殺されたかで、観客席で戦っている者は俺達以外いなくなっていた。

いつもはポジティブなダンも流石に不安そうな表情を浮かべていた。

なので俺はダンに対して、アドバイスを送る。

「ダン、お前の言う通り、この人数差……俺達3人で襲撃者を退ける事は不可能だ。だがな、こういう乱戦では戦いのペースを掴んだ者が勝つんだよ」

「ペースを掴む？」

「そうだ。お前には弓があるだろう？　自分の位置を悟らせないようにしながら狙撃をしてみろ。お前の存在を見つけられなければ敵は混乱して迂闊に動けなくなる筈だ」

「なるほど。分かった俺やってみるよ」

「頼むぞ。俺もアイテムで出来る限り敵を翻弄《ほんろう》してみる。そのためには準備に少し時間が欲しい。アリスには俺達の準備が終わるまでの時間稼ぎを頼んでいいか？」

「私は時間を稼げばいいのね。あの数を1人で相手にするとなると……3分……3分なら足止め出来ると思う」

「それで十分だ。3分経過したらアリスは2階への階段まで走って戻ってくれ」

「了解。私は時間を稼ぐだけでいいの？」

「出来る事なら1人でも減らしてくれれば助かるが、無理に倒そうとしなくていい。それじゃ、作戦開始だ」

お互いの役割が決まり、俺達は逃げながらそれぞれの行動を開始する。

まずはアリスが追撃してくる襲撃者に突撃を仕掛けた。

アリスは敵陣に突っ込むと1人で3人の襲撃者と対峙《たいじ》する。

「へへへ。女1人で突っ込んで来やがった」

「動けない程度痛めつけてやって、後で楽しもうぜ」

ゲスな事を言い始めた襲撃者に対して、アリスはお構いなしに剣を振り下ろす。

アリスと襲撃者の戦闘が始まった途端、アリスの卓越した剣術と素早い動きに俺は目を奪われた。

無駄のない動きで敵を翻弄している姿は圧巻で、流石カインの娘といったところだ。

襲撃者も必死に攻撃を仕掛けるが、アリスは軽やかな動きで避け、隙を見ては一撃を放つ。

アリスが隙をついて放った攻撃は相手の胸部を深く引き裂いていた。

「そんな腕で私をどうこうしようなんて、10年早いわ」

しかし1人倒したからと言って喜んでいる暇はない。

残る2名の敵が左右に分かれるとアリスに向けて同時に斬りかかる。

その攻撃をアリスは一旦後方へと身を引く事で避けていた。

「ちょこまかと動き回りやがって！　こっちだ。誰か来てくれ！」

距離を取った間に襲撃者側は仲間を呼び寄せ、アリスは再び3人を相手する事となる。

アリスの事を強敵だと認めた襲撃者達は、連携を上手く使いながらアリスを攻め立てる。

しかしアリスの方が実力は上で、彼等の連続攻撃を軽々と避けながら反撃に転じている。

アリスは動きに余裕があり、終始圧倒しながら戦闘を続けていた。

襲撃者の数は更に増え、今はアリス1人で4人を同時に相手にしているのだが、アリスの様子を見る限りではサポートの必要はない。

「3分経ちました。一度下がります！」

アリスは約束の時間が過ぎた後、襲撃者の隙をついて前線から離脱し階段に向けて走り出す。

この3分間でアリスは3人の襲撃者を倒していた。

襲撃者達もアリスを追いかけ始めたが、何処からともなく放たれた矢が先頭の襲撃者の胸を貫く。

「おい！　気を付けろ!!　何処からか分からないが弓で狙われているぞ！」

後続の襲撃者は二の足を踏んでしまい、そのままアリスを逃がしてしまう。

矢は再び襲撃者を襲い、1人、また1人と射抜いて行く。

「くそがぁぁ、集団でいたら狙い撃ちされるぞ。全員、バラけろ！」

ダンのおかげで固まっていた集団が一時的にバラけ始める。

そのおかげで敵が分散された。

それは俺達にとっては好都合である。

ダンは備え付けのテーブルを倒し、その裏に身を隠したまま、見えない敵に対して声や動く時に聴こえる音から相手の位置を特定し、矢を放っていたのだ。

今回は襲撃者が集団で固まっていたので、運よく当たってくれた感じだろうが、今後実力がついていけば、敵が見えなくても狙って射抜く事も出来るようになるだろう。

「ラベルさん、矢が切れたから俺も一旦引くよ」

「ダン、よくやった。俺も後2、3人、減らしてから2階に向かう」

最後まで残った俺は膝位の高さで蜘蛛の糸を張り巡らせ、幾つも罠を仕掛けながら後退していく。

敵に気付かれないように煙幕《えんまく》をまき散らし、糸が見え辛くする工夫も忘れない。

罠を仕掛け終えた後はアリスとダンの後を追いかけた。

そして階段までたどり着くと、階段周りにもトラップを仕掛けておく。

罠を仕掛けている途中、ダンが放っていた矢が、2本だけ床に落ちていたのを見つけた。

その矢はダンが放った矢で間違いない。

俺はその矢を掴み取った。

すぐに俺を追って来た襲撃者達の声が聞こえ始める。

「なんだこれは？　足に変な糸が纏わりついているじゃねーかよ？」

蜘蛛の糸に気付かなかった襲撃者は、足に絡まった糸が邪魔で動けなくなってしまう。

仲間に頼んで剣で切って貰おうとしているみたいだが、罠にかかった獲物を逃がすつもりはない。

「簡単に切らす筈がないだろ？　勉強にいい事を教えてやるよ。蜘蛛の糸にはこういう使い方もあるんだよ」

襲撃者達が蜘蛛の糸に絡まりもがくなかへ、俺の手には一本の蜘蛛の糸が握られていた。

その蜘蛛の糸に俺は火を付ける。

火は蜘蛛の糸を伝い、勢いを増しながら襲撃者に向かって行く。

「ぐわぁぁ、火が、火がぁぁぁ」

そして火は襲撃者の衣服に移り、その体を燃やし始める。

俺の目の前では蜘蛛の糸にからめとられたうえに、火だるまとなった数名の襲撃者が火を消すために地面を転がり回っていた。

「蜘蛛の糸はよく燃えるだろう？　言っておくが火を消さずに転がっていると、更に糸を体に纏わりつかせる事になるぞ」

それだけ言い残すと、俺は2階へと上がろうとした。

「全く鬱陶《うっとう》しいねぇ、お前達どきな！」

奥から声が聞こえた瞬間、遠くから俺がいる階段に向かって巨大な火炎球が放たれた。

火炎球は俺のトラップを焼き尽くしながら階段に直撃する。

「火属性の魔法か!?　それにしても火炎球の大きさが普通じゃない!!　あれはヤバい!!　相当の手練れだ」

俺は階段を数段上駆け上がり、火炎球の攻撃を避けていた。

そして次の瞬間、魔法を放った人物と目が合う。

「チッ」

相手は魔法を避けられ苛立《いらだ》ったのだろう。

無傷の俺の姿を見て大きく舌打ちをする。

追撃を放たれる前にこの場から逃げた方がいいだろう。

1人で複数の敵を相手に出来る程、俺は強くはない。

そう判断した俺は、すぐに相手から視線を逸らすと2階に続く階段を上った。

1階での戦闘で、俺達3人で10名を超える襲撃者を行動不能に追い込む事が出来た。

スクワードの情報が正しければ、サイフォンに侵入していた襲撃者の数は50人前後だということなので、残りは40人位となる。

俺も2人に続き階段を駆け上がり、戦場を2階へと移す。

「ラベルさん、遅いって！　もう少し待って上がって来なかったら、2人で戻ろうって話していたんだぜ」

「ほんと無事で良かった。一番最初に上がって来た私が一番心配したんだからね」

「悪い、心配をかけたな。色々やってたら手間取ってしまった。おかげで敵の数を減らせたぞ」

階段を上がった所で、2人は待ってくれていた。

矢を使い切っていたダンは短剣を抜いているし、アリスも抜剣したままの姿だ。

きっと2人は本当に1階に戻るつもりだったのだろう。

心配をかけてしまったが、無事にアリス達と合流を果たせた。

まだまだ俺達は戦える。

◇◇◇

階段を上がった所は長い廊下《ろうか》が続いている。

廊下の壁には幾つものドアが取り付けられており、一定間隔で無数の部屋が並んでいた。

この部屋は来賓室で、試合を部屋の中から観覧できるようになっている。

今日も使われていた筈で、この部屋を使うのは貴族や大商人といった、高い地位の者ばかりだ。

各部屋の入り口のドアは木製で重厚感があり、現在ドアはしっかりと閉じられている。

なので廊下側から見ただけでは部屋の中を確認する事は出来なかった。

しかし廊下にはアリスとダンの姿しか見えない。

2階に多くの来賓とその護衛達が上がっているうえに、各部屋には来賓がいる筈だが……？

俺はアリスに尋ねてみた。

「他の者はどうしているんだ？　1階から逃げて来ている人達もいただろ？」

すぐに追っ手は2階へと上がって来るだろう。

こちらの戦力はしっかりと把握しておきたい。

護衛の冒険者達と話し合う事が出来れば、協力態勢も作れるだろう。

「私達が2階に上がった時は結構な人がここで色々話し合っていて、何名の人が反撃に移るって言い出したんだけ……」

俺の期待していた通り、こちら側の冒険者達もやっと反撃に移ってくれるようだ。

だがアリスの歯切れの悪さが気になるうえに、戦力となる肝心の冒険者の姿が何処にも見当たらなかった。

「アリス……本当に反撃に移るって言ったんだよな？　それにしては護衛の冒険者の姿が何処にも見えないようだが……？」

「うん、実はね。反撃と言っても共闘するんじゃなくて、個々に仕掛けるみたいなの。それでみんなバラバラになっちゃって……」

「はぁ～っ⁉　なんだって⁉　戦力を集めなければ各個撃破されるのが関の山だぞ？」

「私もそう言ったんだけど、全然聞いてくれなくて……実は一部の冒険者は雇い主を3階に向かわせて、この廊下の部屋に隠れているのよ。敵が通り過ぎた後、奇襲をかけるって息巻いているわ」

「敵も馬鹿じゃない。こんな怪しい部屋を警戒しない訳がないだろ？　なぜ手を組まないんだ」

「『知らん奴等と手を組んで裏切られるより、自分達だけで戦った方が上手く戦える』って言って、共闘しようとしなかったの。だから残りの冒険者もこれは駄目だと3階に上がって行っちゃって……」

アリスはそう言いながら幾つかの部屋を指さした。

きっとその部屋に何組かの馬鹿冒険者達が隠れているのだろう。

「はぁ〜、この状況で戦力を分散するなんて馬鹿だろ？　奇襲は不意を突けるから成り立つんだぞ」

生死を分ける状況になっても、手を組んで戦おうとしない自己中な冒険者は確かに存在する。

ダンジョンでも、そんな冒険者と出会った時は最悪だ。

俺はその馬鹿な冒険者に対して怒りを覚えた。

しかし今となってはどうしようもない。

俺は大きなため息を吐くと、俺達が取れる最善策を模索する。

「俺達も身を隠そう」

「ラベルさん、3階には行かないのかよ？　他の冒険者もリオンねーちゃんもいるんだろ？」

「3階に向かう前に何か手を講じて、敵の数を1人でも多く減らしておこう。敵はまだ40人近く残っているからな。今の人数差のまま3階に逃げても、戦況が好転する訳じゃない」

「確かにそうだよね」

アリスもダンも俺の意見に賛成してくれた。

「ラベルさん！　隠れるなら、あの部屋は空いている筈だよ」

あまり時間が残されていない俺達は、ダンの言う誰もいない空部屋に身を隠した。

その後、1階から2階の階段目掛けて大きな火炎球が昇って来る。

火炎球は2階の天井にぶつかり、火花を周囲にまき散らす。

その後、あの魔法使いの姿が現れた。

「階段を上がった所にもトラップを仕掛けられているかもしれないからね。悪いけど邪魔な仕掛けは全部、消し炭《ずみ》にさせて貰うわよ」

仮面の女性が最初に上って来た後、10名以上の襲撃者達が彼女の後を追い、階段から姿を現す。

その後も数は増えていき、最終的には2階の廊下には20名近い襲撃者達が集まっていた。

残りの襲撃者は後続を抑えるために残しているのだろうか？

俺はドアの隙間から階段の方を覗き込み、襲撃者達の様子を窺う。

仮面の女は、我先に動き出そうとする襲撃者の動きを止めていた。

やり辛い事に今度は慎重に事を運ぶようだ。

「お前達、迂闊に動いては駄目よ。相手のポーターはかなり厄介《やっかい》だからね。何処に何を仕掛けられているか私にも分からないわ」

どうやら仮面の女は俺のトラップを警戒してくれている様子だ。

きっとさっきの二の舞《まい》を踏みたくなかったのだろう。

本来なら慎重になられると厄介なのだが、今は逆に警戒してくれている方が時間を稼げていい。

「それじゃ、どうすれば？」

「こうすればいいのよ」

そう言うと仮面の女は短い詠唱を唱え、近くの部屋のドアに向かって火炎球を放った。

その部屋はアリスが指さした部屋の一つだった。

火炎球はドアを突き破り、部屋の壁にぶち当たり部屋中を炎で包む。

「ぐわぁぁぁ〜！　火がぁぁぁぁ」

3名の冒険者が火だるまになって部屋から飛び出して来た。

「ほらね。隠れていたでしょ？　私の魔法の前ではどんな小細工も通用しないわ」

「おぉぉぉ〜、流石はマーガレット様」

襲撃者達が大声を上げ、大騒ぎを始める。

マーガレットはその後も順番に部屋の中に巨大な火炎球を放り投げて行く。

また別の部屋から冒険者達が火だるまと化し、部屋の中から転げ出て来た。

息を殺し、その様子を見つめながら俺は考え続けていた。

もしあの火炎球をこの部屋に叩き込まれたら、俺達も先程の冒険者達と同じ運命を辿ってしまう。

無策で突っ込んでも、こちらの数が少ないので、普通に数で押されれば勝機は殆どないだろう。

だが、魔法を放った仮面の女の動きをじっくりと観察していて俺はある事に気付いていた。

しかし気付いたと言ってもこの絶体絶命の状況を打開するには、もう一手足りない。

なので今は出来る事を一つでも多く重ね、この戦いに勝てる勝率を1パーセントでも上げるしかないだろう。

「とにかく、お前達はこの布を首に巻いてくれ。火のダメージを抑える効果がある」

リュックの中から三枚のマフラーを取り出し、2人に渡した。

これは耐火《たいか》の効果があるマフラーである。

安物の量産品で耐久度が極端に低いが、一、二回程度ならあの火の魔法も防いでくれるだろう。

ダンジョン用としてリュックの底に畳んでしまっておいたのが功を奏した。

防御面で俺が出来る事はこれが限界だった。

いくら火耐性の装備を着たと言っても、アリス1人で20人の襲撃者に勝てる訳がなく、ダンの矢も殆ど尽きている状態。

ハッキリ言って俺達には圧倒的に火力が不足していた。

ない物ねだりはやめて俺が次の打開策を考えていると、1階から何やら叫び声が聞こえてきた。

「今の叫び声は一体何よ!? 何が起っているのよ?」

仮面の女も驚いており、声を荒げていた。

すると1階から1人の襲撃者が走って来た。

「マーガレット様、結界が突破されました! すぐに冒険者がなだれ込んで来ています。特に仮面の大男が化け物で、暴れ回って手が付けられません。残してあった全ての兵隊を回しましたが、どの位持ち堪《こた》えられるのか……とにかくマーガレット様は王子の元にお急ぎください」

「チッ、1階で手間を取り過ぎて増援が来たって事!?」

大男とはきっとカインの事だろう。

カインとスクワードが応援に駆けつけて来てくれているみたいだ。

そうと分かれば火力の問題は解消だ。

「2人とも、どうやら応援が来てくれているみたいだ。もしもここで時間を稼げれば、襲撃者達をこの場所で挟み撃ちに出来るかもしれない」

「そうみたいね。でもこの3人だけで、あの大人数を相手にするのは厳しいと思うわ。特にあの強力な魔法に対応する方法がないのが痛いわね」

剣士のアリスは接近戦では強いが、遠距離の魔法が相手では分《ぶ》が悪い。

「あの炎の魔法は俺が止める。アリスは俺が合図をしたら、思う存分暴れまわってくれ！　それとダンにはこれを渡しておく」

「矢？　2本だけ？」

「あぁ、さっき1階で回収できたのはこれだけだ。タイミングはダンに任せる。この2本を有効に使ってくれ」

「分かった、やってみるよ」

「私の方は敵が多いから、足を止めて斬り合うのは難しいかもしれないわ。動き回ると思うけどそれでいい？」

「それで十分だ。それじゃ俺達も反撃を開始しようぜ」

「でもラベルさん、どうやってあの強力な魔法を止めるの？」

アリスは気になっていた事を聞いてきた。

どうやらポーターの俺が、どうやってあの強力な炎の魔法を止めるか気になったみたいだ。

「あの仮面の女……どうしてここにいるのかは分からないが、俺の知っている奴で間違いない。性格も癖も全部掴んでいるからな、相手がどう動くのか？　ある程度は予想できる。ならやり方はいくらでもあるさ」

「ラベルさんが知っている人って……」

アリスは何か察したようにも見えた。

「さぁ、行こう。あの魔法使いは俺が抑える。アリスは最初だけ敵の注意を引き付けて欲しい」

「分かったわ」

まずはアリスが飛び出し、襲撃者の前を横切って行く。

当然、襲撃者達はアリスに注意が向けられた。

次に部屋から飛びだし、ダンはドア側の暗闇に自分の姿を隠した。

カラン。

幾つかの甲高《かんだか》い音が響き、その音のする場所に俺が立っていた。

俺の存在に気付いた魔法使いの女が、嬉しそうに笑みを浮かべる。

こいつを俺が抑えなければ、俺達は勝てないだろう。

気合を入れて俺は襲撃者と対峙する。

「ふふ、とうとう観念したの？　意外と潔《いさぎよ》いのね」

「そりゃどうも。だけど簡単にやられるつもりもないけどな」

「本当なら苦痛を与えながら殺すのが楽しいのだけど……残念ね。今は時間がないのよ。さっさと殺してあげるから覚悟しなさい」

余裕の笑みを浮かべた仮面の女は簡単に殺せると思っているらしい。

俺と魔法使いの女は初対面だ。

普通、初対面の相手と対峙して、実力も知らない相手にそこまで余裕を出したりしない。

少しは警戒するものだが、相手には全く警戒していない。

その理由はただ一つ、相手は俺が戦う事が出来ないポーターだと知っているからだろう。

（もう確定だな）

俺は自分の予想が間違っていない事を確信する。

「お前は一体、何を言っているんだ？　俺は諦めが悪いってお前も知っているじゃないか！　なぁレミリア!!」

俺は仮面の女の正体に気付いていた。

目の前に立つ仮面の女は俺を追放した俺が所属していたS級パーティーのレミリアだ。

◇◇◇

俺に正体を見破られたレミリアは鼻を鳴らし、何を馬鹿なことをと言いたげな素振りを見せた。

「なぁレミリア！　どうしてお前が顔を隠してここにいるのかは知らないが、まさか悪党の一員だったとはな」

「レミリアですって？　ふふふ、何を訳の分からない事を言っているのかしら？」

「お前こそ、俺の事を舐めすぎだ。俺がお前達と一緒にどれだけダンジョンを潜ったと思っている。いくら見た目や声を誤魔化したと言っても、身体に染み付いたリズムや動き方、間の取り方で大体分かるんだよ。俺が断言してやる、お前はレミリアで間違いない！」

レミリアは無言で俺を睨みつけ、俺はその視線を何も言わずに受け止めた。

数秒間の沈黙が続いた後、突然レミリアが腹を抱えて笑い出した。

「ふふふ、ふははははは。私が感じた通り貴方は危険な人だったって訳ね。だから排除してやったというのに……どうしてここにいるのかしら？」

「認めるのか？　レミリアだって」

「こうなっては仕方ないわね。どうやら貴方には隠しても無駄なようだし……だけど心配はいらないわ。だって正体がバレたとしても、ここで貴方を確実に殺せば情報が洩《も》れる心配もないから。でも本当によく私の正体を見抜いたわね？」

「ポーターの俺がパーティーを組んだ者を見間違う訳がない。どんなに見た目を隠そうがその者の本質は変わらないからな」

俺は挑発するように言い放つ。

下準備は終えており、後は時間を稼ぐだけでいい。

「ふん、ほんと癪《しゃく》に障るおっさんよね!!　なら一ついい事を教えてあげる。私が貴方とパーティーを組んでいる間、一度も本気を出していなかったのよ。だから貴方が知っている私の実力も嘘だったって訳。本気を出したら、私１人であのパーティーを全滅させる事も出来たのよ。どう驚いた？」

レミリアは勝ち誇った表情を浮かべた。

「それがどうした？　俺はお前の本質が変わらないと言っただけだ。本気を出していなかったとしても、俺が知っているレミリアと今のお前を比べても大きな違いはなさそうにだが？」

「本当に腹が立つわね」

仮面の女は無造作に仮面に手をかけると、床に叩きつけた。

正体がバレたレミリアが仮面を外すと髪の色も赤に戻って行く。

　どうやら魔道具で髪の色や声を変えていたようだ。

「何を偉そうに！　せっかく3年もの間、手間暇をかけて準備した計画をよくも邪魔してくれたわね。貴方だけは絶対に許さないから」

「俺が何をやったって言うんだよ？　言いがかりも大概《たいがい》にしろよ」

「私は3年前に偶然サイフォンに来てこの式典を見た時から、今日のために動いてきたのよ。組織の幹部である私がオールグランドに入ったのもそう。部下に命令して劇団を立ち上げさせ、今日まで名を売って来たのも今日の襲撃のため！」

「組織の幹部？　レミリアお前は黒い市場の幹部だったのか？　3年前からって……そこまでやるとはな……流石に引くぞ」

「そうよ、私が今回の作戦を立案したのよ。この国で最大のギルドであるオールグランドが介入して来たら、成功する可能性がかなり低くなるわ。そのために私自らオールグランドに潜入し情報を得てギルド会議を襲わせたって訳」

「ギルド会議の襲撃までお前の手引きだったとはな、それじゃハンスもお前の仲間なのか？」

「ふん、あの馬鹿？　あれは単なる玩具よ。私に惚《ほ》れて口説いてきたから、上手く使ってあげただけ。だからあの馬鹿を使ってギルドの内部を引っ掻《か》き回してあげたというのに……」

「お前がハンスを操っていたと？」

「ハンスは自分で考えて行動しているつもりだったけど、全部私の言いなりだったわ」

　レミリアは否定する事なく言い放つ。

「あっそうだ、一つだけいい事を教えてあげる。貴方の退職金、ハンスに猫糞《ねこばば》されているわよ。それだけはハンスが自分の意思で行っていたわね。本当にやる事が小っちゃい男よね。まぁその金で私も遊ばせて貰ったからいいんだけど……ふふ、少々しゃべり過ぎたわね。つまらない話はもう終わりにしましょう。さぁ覚悟しなさい！　今すぐ殺してあげるわ」

そう告げると片手を突き出してきた。

そして火炎球の魔法を放つ準備を始める。

「ご丁寧に説明してくれて助かったよ。これで全て繋がった。教えてくれた礼に俺もいい事を教えてやるよ」

「いい事？」

絶体絶命の状況だというのに、全く動揺していない俺の姿が不自然に感じ、やっとレミリアも警戒し始める。

「お得意の炎の魔法は使わない方が身のためだぞ」

俺は口角を吊り上げ、余裕のある素振りを見せた。

「ふんっ、死にたくないからと言って、出まかせを言ったって、私にはハッタリは効かないわよ」

「そう言うなら、俺の足元をよぉーく見てみな」

俺の言葉が気になったレミリアは、目を細めて俺の足元に視線を向けた。

「ほら何もないじゃない。貴方のハッタリに私が引っかかるとでも……ん？　何この臭い？　それに何？　その足元から立ち上がっている揺らめきは⁉　貴様一体何を……まさか⁉」

「そうだ。火炎瓶で使われているアルコールだよ。俺が持っている全部の火炎瓶に細工を施して強制的に気化させている。俺の足元から気化したアルコールの揺らめきが見えているだろ？　既に気

化したアルコールで2階ロビーは満たされているぞ。もし今の状況であの火炎の魔法を使ったらどうなると思う？　ふははは、大爆発だよ。お前の期待通り、俺も死ぬだろうが、お前達もただでは済まんだろうなぁ」

俺はわざと勝ち誇った笑みを浮かべて、レミリアを更に挑発する。

「こっ……このくそポーターがぁぁぁぁ。殺してやる！　殺してやる。絶対に殺してやるぅぅ!!今決めたわ、貴方だけは普通には殺さない。徹底的に痛めつけ殺してくれと懇願《こんがん》する程の苦しみを与えながら殺してやる!!」

レミリアは俺の挑発に乗ってくれた。

これで俺が生きている限り、時間を稼ぐ事が出来る。

その間にカイン達が来れば俺の勝ちだ。

「いいぜ、やれるものならやってみろ」

「お前達!!　あの腐《くさ》れポーターを八《や》つ裂《ざ》きにして来なさい！」

「おぉぉー」

レミリアの傍で様子を窺っていた3名の襲撃者が俺に向かって突っ込んで来る。

俺は正面を向いたまま後方に下がり、相手との距離を取った。

「荷物を持つだけのポーターの分際で俺達に勝てると思うなよ！」

「お前の言う通りだ。ポーターの俺ではお前達には一生勝てないだろうな。でもな、俺以外が相手ならどうだ？」

俺が距離を取ったその空間にアリスが俺と襲撃者の間に突然割って入る。

最初に部屋から飛び出したアリスは、俺とレミリアのやり取りに注意を向けながらも、ずっと走り回り襲撃者達を引き付けていた。

俺が襲われだした事を確認し、助けに来てくれたのだ。

俺もアリスの動きにはずっと注意を向けていたので、無言のコンビプレーである。

「貴方達の相手は私よ。この人には指一本触れさせないわ！」

突然、横からの奇襲を受けて3名の襲撃者は一瞬で倒された。

奇襲とは本来こうあるべきだ。

「ナイスだ、アリス！」

「戦いは私に任せて！　それにしてもさっきの啖呵《たんか》は格好良かったなぁ。新しいラベルさんを見たって感じ？」

「こんな時に茶化《ちゃか》すな。カインが到着するまで俺達で時間を稼ぐぞ」

「えぇ、任せて。今ならリオンちゃんが言っていた言葉が私にも理解できるわ。ラベルさんが近くにいると不思議と力が湧いてくるし、勇気だって貰える！」

「本当に何を言っているんだ？」

「仮に今がどんな逆境だったとしても全然余裕よ。だってラベルさんが傍にいてサポートしてくれるんだもん」

そう言い切るアリスは揺るぎない信頼に満ちた笑顔を向けてくれた。

「そこまで言われちゃ俺も頑張らねーとな。いいぜ、お前は全力でレミリアをぶっ潰せ。俺も最大限のサポートをしてやる」

俺達の第二戦が開幕した。

◇◇◇

襲撃の報告を受けたカインとスクワードはラベル達に加勢するため、競技場へと到着していた。

しかし競技場周辺はパニック状態で、入り口付近には命からがら逃げ出して来た観客達で溢れかえっている。

「スクワード見てみろ。こいつはやばいな、予想以上の大混乱じゃねーか。ラベルの奴が言った場所が当たりだったな」

「襲われてから時間も経っているし、俺達も急いで応援に向かった方がいいだろうな」

「とにかく、急ぐぞ」

カイン達は人並みを逆行しながら、競技場の中へと入って行く。

その後、観客エリアから舞台がある演劇エリアに入り、そのまま来賓エリアに侵入しようとした時、魔法石の結界に進行を阻まれる。

その結界は襲撃者側が張り直したものだ。

「こっちの結界を奪っているだと!? 邪魔くせーな、こんなちんけな結界で俺達を止められると本気で思っているのか？」

カインはそう言うと背中に背負っていた大剣を引き抜き、結界の前で構えをとった。

巨漢が大剣を持った姿は圧巻であり、襲撃者は危険を感じて額に冷や汗を浮かべていた。

カインは大きく息を吸い込み、一気に吐き出した。

「今すぐ結界を解け！　解かなければ力づくで突破する」

「解けって言われて素直に解く訳がないだろ⁉　この結界がある限り、お前達は何も出来ないんだよ。事が終わるまで大人しくそこで待っていろ」

今は結界が張られているため、カインの攻撃も襲撃者に届く事はない。

だから今はまだ襲撃者にも余裕があった。

しかし何か嫌な悪寒《おかん》は感じていた。

「結界に注ぎ込む魔力量を増やして耐久力を上げろ、敵が攻撃を仕掛けてくるからな！」

男は魔力を注いでいた数名の魔法使いに激《げき》を飛ばす。

上司である男の命令を受け、魔法使い達は注入している魔力の量を上げる。

すると結界は輝きを増し、より強固な結界へと変貌《へんぼう》を遂げた。

「ふははは。これで安心だ。もう誰もこっち側には来れない。お前達は王子が殺されるまで、そこで指を咥えて待っていればいいんだよ」

その勝ち誇った態度を見ていたカインは無言で剣を振り上げた。

「結界は解かないんだな？　なら歯を食いしばって結界を維持しとけよ」

次の瞬間、カインは大きく振りかぶった大剣を力一杯結界に叩きつける。

ガギンッ!!

結界にカインは大剣が勢いよく衝突する。

カインの攻撃によって大きな音が鳴り響く。

しかしカインの攻撃をもってしても結界を破壊する事は出来なかった。

嫌な予感がしていた男だったが、結界の無事を確認し、予感が勘違いだと安堵感に包まれる。

これで自身の安全は保障された。

すると今度は得意気に口角を吊り上げながら高笑いを始めた。

「あーはっはっは。どうやら口だけだったみたいだな。だからさっきも言っただろ？　事が終わるまで待っていろってな？」

男がドヤ顔を見せたその瞬間、近くでドサッという音が聞こえた。

男が音のする方に視線を向けると、結界に魔力を送っていた4人の魔法使いの1人が気を失って、その場に倒れている。

他の3人の魔法使いも片膝《かたひざ》をつき、苦しそうな表情を浮かべていた。

「えっ？　どういう事だ？」

困惑し始めた男を無視して、カインは二回目の攻撃を仕掛ける。

「もう一回いくぞ。気張れよ、お前ら」

魔法使いから再びカインに視線を戻した男には余裕は消え去り、絶望に満ちた悲痛な表情を浮かべている。

「ひぃぃぃっ」

カインに睨まれた男は涙目になり、その場で反転すると走り出して逃げ始める。

魔法使い達は必死に魔力を送り続けているのだが、先ほどのカインの攻撃を受け止めた時に殆どの魔力を消費してしまっていた。

当然、今の結界は供給されている魔力も足りない状態で、最初に比べると光も乏《とぼ》しい。

「おっお前達、分かっているのかよ？　結界が破られたら殺されるんだぞ!!　死ぬ気で魔力を注げぇぇぇよ!!」

男は逃げながら必死に叫んでいるが、逃げ出すのが遅すぎた。

カインがもう一度、大剣振り抜くと大きな衝撃音と共に結界は見事に砕け散っていた。

逃げ出した男は衝撃でバランスを崩し、その場に転倒してしまう。

転倒した男が恐る恐る音のする方に視線を向けると、残っていた魔法使い全てが倒れ込んでいた。

二回目の攻撃を耐えた時、全ての魔力を使い切ってしまったのだろう。

「ひぃぃぃぃ」

男は恐怖で腰を抜かして動けなくなる。

カインはその男の胸倉《むなぐら》を掴み上げ、軽々と持ち上げると観客席の石壁に向かって投げ飛ばす。

物凄い勢いで石積みの壁に叩きつけられた男は、口から大量の血を吐き白目をむいたまま地面に倒れ込んだ。

「カイン、遊んでいる暇はない。急ごう」

カインの傍にいたスクワードが声を掛ける。

「あぁ、分かっている。さぁて、久しぶりに暴れさせて貰うとするぜ」

カインは舌なめずり、右手に持っていた巨大な剣を軽々と肩に担いでみせた。

スクワードは気絶している魔法使い達に視線を向ける。

全ての魔力を使い果たしているので、起きる事はない。

「おい。ついでにそいつらを拘束しておけ」

「黒い市場の襲撃者は捕まると自殺するらしいから、今は丁度気絶しているから確保するには都合がいい。目を覚ましたとしても、自殺とか出来ないようにしておけよ。後で全て吐かせるからな」

「はっ!!」

スクワードが部下に命令を出す。

「それじゃ、残りの者は俺達の後に続け」

スクワードが一通りの指示を与えた後、カインが動き出す。

「遅れるなよ。全力で行くからな」

カインは獰猛《どうもう》な野獣のような雰囲気を纏い、狂気に満ちた笑みを浮かべた。

全盛期を彷彿させるその姿をスクワードは懐かしそうに見つめる。

そのまま、カインは来賓エリアに飛び込んでいった。

◇◇◇

カイン達が来賓エリアに入ってすぐ、柱や小部屋に隠れていた数名の襲撃者が同時に襲って来た。

「ふんっだらぁぁぁー」

だがカインが大剣を横になぎ払うだけで、襲撃者は身体ごと吹っ飛び、そのまま二つに引き裂かれていた。

「強すぎる。化け物か!?　駄目だ此処は一旦引け！　少数じゃ歯が立たん。もっと仲間を集めて一度に攻めるしか勝てる見込みはない」

襲撃者の1人がカインの強さを目の当たりにし、大声で叫んでいる。

敵が一度退いた事で、カインも足を止めた。

周囲には襲撃者に襲われた多くの関係者の姿が見える。

動ける者から動けない者、敵味方関係なく修羅場《しゅらば》と化していた。

それだけ激しい戦闘が行われていたのだと、誰もがすぐに理解できる。

スクワードはカインと小声で話した後、自分の部下に新しい指示を出す。

「この辺りには今すぐ治療すれば助かる者が大勢いる筈だ。助けられる者は出来る限り助けるぞ。お前達はここに残って、この辺りで怪我をしている者達を救護しといてくれ」

「ではスクワード様、人数を減らしたまま、奥に進むという事ですか？　それはいくらなんでも危険すぎます。怪我人を放っていてもすぐに別の応援も来るはずです。救護はその者に任せても……」

スクワードの部下はカイン達を心配していた。

「心配するな。今のカインを見てみろよ。アイツを止められる人間は多分いないぞ！　あのラベルでも無理だ」

カインの身体からは薄っすらと白い煙が立ち上っていた。

それは身体から発せられる熱で汗が蒸発している状態である。

カインの身体が温まってきた証拠でもあった。

この煙が出た事で戦うための準備は終わり、カインは本気を出す事が出来る。

実はカインはこの状態にならなければ全力の半分程度の能力しか出す事が出来ない。

「これはカインが化け物と呼ばれる所以《ゆえん》を久しぶりに見れそうだぞ。襲撃者の数は確か50人位だったよな？　今のカインを止めるにはその程度じゃ全然足りねぇな」

スクワードは楽しそうに口を歪める。

これで不安要素は全てなくなった。

今のカインが無敵だという事をスクワードは知っているからだ。

「お前達、よく聞け！　ここには貴族の関係者や大手の商人達が来賓として招待されていた。もし俺達がここで多くの者を助ければ、それだけ多くの権力者達に恩が売れるだろ？　今の内に助けられる者は全員助けて高い貸しを作っておくんだ！」

スクワードはこんな時でも先の事を考え、ちゃっかりしていた。

一方、部下は全員カインの姿を一目見て息をのむ。

全員、スクワードが言っている事が嘘ではないと本能で理解したからだ。

「分かりました。私達も救護活動が終わり次第、すぐに後を追います」

「あぁ、頼む。追いついた時には全部終わっているかもしれないがな」

スクワードの部下達は来賓エリアで負傷している人の救護活動を始める。

「スクワード、俺は先に行くぞ！」

流石に2人だけで行かせる訳にいかないと、部下たちの懇願により、数名の者が2人に付き従う事となった。

カインは敵の存在に怯える事もなく、堂々と通路を進んで行く。

奥へと進んでいると15名前後の襲撃者が集団で待ち構えていた。

最初に先ほど逃げた襲撃者達が戦力を集め、待ち構えていたのだ。

カイン達との人数差は10人以上で、普通で考えるのなら襲撃者側が圧倒的に有利な状況だ。

しかし相手はカインの実力を知っているため、その表情に余裕は一欠片も見当たらない。逆に全員が決死の表情を浮かべているようにも見える。

「死にたい奴から掛かって来い」

それだけ言うとカインは警戒する事もなく、そのまま待ち構えている襲撃者に向かって行く。

「ここから先には絶対に行かせるな。一斉に掛かるぞ」
5、6人の襲撃者が一斉にカインに襲い掛かった。
「舐めんじゃねぇーぞ！　その程度で俺を止められる訳がないだろがぁぁぁっ！」

カインは大剣を振り回し一度で5人を吹き飛ばす。

動ける者はなんとか立ち上がったが、たった一撃で3名を瀕死の状態へと変えた。

襲撃者は手練れも多く、決して弱い訳ではない。

その手練れの襲撃者を一撃で複数人倒すカインの方が規格外《きかくがい》であり、命を惜しんだ者は全員、金縛《かなしば》りに遭ったように動けないでいた。

「ひぃぃっ、化け物だ。おいっ！　誰か早くマーガレット様に知らせるんだ！」

「おっ、おう」

2人の男が身を翻し、後方へ走り出した。

「行かせねーよ！」

スクワードは素早く腰から短剣を2本引き抜くと、魔力を纏わせ、背を向けて逃亡している男に投げつけた。

「ぐわぁぁぁ！」

投擲《とうてき》された2本のナイフの内、1本は襲撃者の首にヒットしたのだが、もう1本は2人目の肩に刺さる。

1人はそのまま倒れ込むと絶命していた。

しかし残る1人はナイフが刺さった状態の肩を押さえながら、そのまま逃げられてしまう。

「ちっ、1人外したか？　俺も腕が鈍ったもんだな」

「ガハハハ、なら、お前も筋トレして鍛え直せ‼」

「なんで筋トレなんだよ。お前と一緒にするなよ」

「さっさと残りを蹴散らして、ラベルに追いつくとするか」

「あぁ！　ラベルとあのアリスが組んでいるんだ。そう簡単にはやられないとは思うが、相手は数が多い。少しでも早くあいつ等に合流してやろう」

カインは大剣を肩に担ぎ、残っている襲撃者に対して啖呵を切る。

「もう一度言うぞ！　さぁ死にたい奴から掛かって来い！」

カインが一歩踏み出すと、それと同じ距離だけ襲撃者は下がって行った。

その圧力は凄まじく、今のカインに立ち向かえる人間はきっといないだろう。

「やっぱり、お前はそうじゃないとな」

スクワードはカインの姿に昔の面影を重ねながら懐かしんでいた。

残りの襲撃者はカインの圧倒的な戦闘力の前ではハッキリ言って無力であった。

カインに傷一つ付ける事も叶わず、短時間で全滅する事となる。

敵がいなくなった後は、再び移動を開始し2階に上がる階段を見つけた。

カイン達の活躍のおかげで、今のレミリアは挟撃《きょうげき》された状態となり、もはや逃げ道はない。

◇◇◇

俺を殺そうとしていた3人の襲撃者は、アリスの奇襲によって一瞬で倒されてしまう。

あまりにも不甲斐ない仲間に対して、レミリアは正気を失い怒りを露《あら》わにしていた。

「ほんと何をやっているのよ！　3人もいて、たった1人の女も殺せないなんて本当に信じられない！　それでも黒い市場のメンバーなの？」

「マーガレット様、申し訳ございません。次は私が……」

「次は5人で行きなさい。馬鹿正直に真正面から突っ込むような事はしないで、ちゃんと頭を使うのよ。数はこっちの方が上なのよ」

「分かりました。次こそは必ずあの2人を殺してきます。お前達、行くぞ！」

「おう!!」

部下は仲間に声を掛け、5人組を作ると俺達に向かって来た。

レミリアの周辺にはまだ10名程の襲撃者が、レミリアを守っている。

3人が駄目なら2人増やして、5人で襲わせるとはレミリアの底の浅さが見て取れる。

残された時間も少なく本気で俺達を仕留めたいというのなら、ここは全戦力で戦うしかない筈なのだが。

もし一気に全員で攻められた場合、俺達3人でも正直きつかったと言うのに。

どんな状況でも自分だけはしっかり守ろうとする、レミリアの欠点が俺達に活路を残してくれたようだ。

今回の敵は5人、全員で掛かって来られなくて正直ホッとしたのだが、油断できる状況でもない。

いくらアリスが強いと言っても、流石に一度に5人の相手は難しいだろう。

更に問題なのは、蜘蛛の糸や火炎瓶といった妨害アイテムも全て使い切っていた事だ。

俺は最終手段として即席でアイテムを作り対応する事にした。

敵が近づいて来ているので急いだ方が良い。

リュックから毒消し薬が入った小瓶にポーションと少量の酒、そして魔法石の欠片を取り出し混ぜ合わせる。

すると中の液体から煙が上がり始めた。

小瓶を自分の前面に押し出し、片手でリュックの側面に掛けていた小型の魔法石を取ると小瓶に近づけた。

魔法石からは風が起こり、煙を俺の前方へと流していく。

この魔法石は使用すると少しだけ風を起こす事が出来る。

使い方は自分達の周りに風を起こさせ、魔物の毒霧《どくぎり》攻撃を防いだりできるアイテムである。

後は別の使い方として、火を起こす時の風や、洗濯物を早く乾かしたい時などに使える魔法石でもあった。

「お前達は煙に近づかない方がいいぜ。この煙を吸ったらヤバいからな」

「何⁉　何だあの煙は……ふんっ、どうせハッタリだ。お前達もビビるなよ。一気に攻め立てるぞ」

「アリスは俺の後ろにまで下がっていてくれ」

「うん」

俺が作り出した煙に臆する事なく、５人の襲撃者はそのまま進み続けた。

「なんだぁ？　この煙は一体⁉　ゴホッゲェッホ」

前にいた襲撃者が煙を吸い込み、喉を押さえて暴れ始める。

「目がぁぁぁ！　涙で見えねぇぇぇ」

先頭の男に続き、２人目の男も大量の涙を浮かべて暴れだした。

「おい、きっと毒だ。間違いない！　あの男、毒を発生させやがったぞ」

毒なんてそんな簡単に作れるはずがないし、仲間がいる所じゃ危なくて使える訳がないだろ？

冷静に考えればすぐに答えが出ると言うのに、勝手に間違った解釈をしてくれて本当にやり易い。

俺は予想通りの展開に笑みを浮かべる。

この煙は刺激が強いだけで身体に害がある訳でもない。目や喉に入ると染みて一時的に見えなくなるだけだ。

しかも範囲は狭く、風でまき散らしても遠い場所に届く前に効果は薄れて届かない。

だが向かって来る相手の動きを阻害するには効果的だった。

「もう駄目だ。おい煙を避けて、二手から回り込むぞ」

3人の男達が煙を中心に二手に分かれ、一方を1人で、逆の方は2人組に分かれ、両側から回り込み、俺を挟み撃ちにしようとした。

しかしその瞬間、開かれたドアの一室から矢が放たれ、1人で向かっていた襲撃者の眉間に突き刺さった。

「ダンの奴やってくれたな。ナイスなタイミングだ」

俺は姿を隠しているダンに向かって頷いてみせた。

「アリスは残りの襲撃者を頼む」

「任せて！　2人程度なら余裕よ」

アリスは2人の襲撃者を軽々と斬り裂いた。

残る襲撃者の数はレミリアを守っていた10名位しかいない。

「はぁぁ？　なんでこうなるのよ。おかしいじゃない？　こっちの方が戦力は高いし人数も多いのよ。何がどうなって、私達が追い込まれなきゃいけないの？」

レミリアは頭をかきむしり、苛立ちを隠せない。

「ぐわぁぁぁぁっ」

すると今度は1階からの方から絶叫する声が響いてくる。

その数秒後に階段から現れたのは仮面を被った巨漢の男、カインであった。

「嘘!?　来るのが早すぎる。1階にはまだ20名以上いたのよ。なんでこんなに早く2階にやって来れるのよ？」

レミリア達は壁際に移動し、カインから距離を取る。

「おっ、やっと追いついたな。おーいっラベル！　誰も怪我をしてないか？」

身体から白い湯気を発生させたカインが剣を振り上げ、俺達に話しかけてきた。

「あの姿……カインの野郎もやっと本気になった訳だな」

「カッ、カインですって⁉　この仮面の男が？」

「お前、いつまでその似合わねぇ仮面を着けている気なんだ？」

「おっそうか。外すのを忘れていたぜ。最近ずっと被ってたから、慣れちまって違和感がなかった」

カインはそう言いながら鉄仮面を外した。

仮面の下からはカインの顔が覗き、カインを見たレミリアの顔には焦りの色が窺えた。

「カイン……貴方は大怪我を負ってアイスバードで療養中している筈じゃ？」

「ようレミリア。まさかお前が黒幕だったとはな」

レミリアは元気そうなカインを見て、やっと全てを悟る。

「お前達は泳がされたんだよ。この筋肉馬鹿が怪我なんてする訳がないだろ？」

「まさか、私が……嘘でしょ？」

レミリアはカインを睨みつけた。

「もう終わりだ。さぁ大人しくして貰おうか？」

カインは大剣を突き出し、レミリアに告げる。

「アハハハ。ここまでコケにされたのは生まれて初めてだわ。許さない！　絶対に許される筈がないわ！」

突然レミリアは大声を上げて笑い出した。

そして狂気に満ちた表情を浮かべて右手を自分の正面に突き出した。

カイン達が現れた事で、自分が保有していた人数差というアドバンテージもなくなっていた。

もはやレミリアに勝ち目はない。

レミリアはその事を悟り、俺が気化させたアルコールに引火させ自爆攻撃を仕掛けるつもりだ。

俺はいち早くその事に気付いたのだが、レミリアと離れているため、この場所からはどうする事も出来ない。

「こうなったら全員道連れよ。全員仲良く死にましょう」

そして短文の詠唱を始めた瞬間、

「ぎゃぁぁぁぁ!!」

レミリアの手のひらを一本の矢が貫いた。

あまりの痛みにレミリアが絶叫を上げ、その場にしゃがみ込む。

「なんだか分からねーけど今が好機だな！　覚悟しろおらぁぁぁっ!!」

チャンスとばかりに、カインは巨漢に見合わない素早い動きで、襲撃者達に斬りこんだ。

その動きはリオンやアリスよりも速い。

化け物じみた速度と怪力を併せ持つ。

まさしく化け物と言っても差し支えない。

それがSS級冒険者カイン・ルノワールという男だった。

「ラベルさん、大丈夫だったか？」

渡していた矢を使い切ったダンが、隠れていた部屋から飛び出し短剣を持って俺の傍まで駆け寄って来た。

俺の言いつけを守り、ずっと息を潜めて狙撃のタイミングを計っていたのだろう。

「ダン、よくやったぞ。流石はガリバーさんに認められた男だな」

「えへへへ」

ダンは気恥ずかしそうに鼻先を指でこする。

「お父様が来てくれたから、もう大丈夫そうね」

アリスも剣を鞘に納めた状態で、俺の傍にやって来た。

そして三人でカインの戦闘を見つめる。

この国最強の冒険者の戦いなんて滅多に見れるものじゃない。

ダンにはいい勉強になるだろう。

「これで俺達の勝利は間違いないな。俺が知る限り、本気のカインを止める事が出来るのはたった1人しかいないからな」

「本気のお父様を止める事が出来る人……？　そんな人いるの？　あっ、ラベルさんとか？」

アリスは両手を叩いて、得意げに回答を答える。

「残念。はずれだ」

不正解だと知って口を膨らませた。

「じゃあ、誰なの？　今のお父様を止められる人なんてこの世界にいないと思うけど……」

目の前で繰り広げられている蹂躙《じゅうりん》を指さしながら、アリスが尋ねてきた。

俺は正解を口にする。

「答えはマリー。お前の母さんだよ」

「あぁー、なるほど」

アリスは悟ったように遠い目をしていた。

きっと思い当たる節があるのだろう。

その間も戦いは進み、最初10人位いた襲撃者はほんの数十秒で皆殺しにされていた。

残されたのは片手を矢で貫かれたレミリアただ1人だ。

「どうしてぇぇぇ、なんでよぉぉぉぉ」

レミリアは既に半狂乱になっていた。

「レミリア、お前、往生際《おうじょうぎわ》が悪いぞ」

カインは一歩近づいてみせた。

「嫌よ、嫌やぁぁぁ！　こうなったらもう一度！」

レミリアは残る手を突き出したが、その瞬間にはカインの拳がレミリアの顔面を捉えていた。

「ぐふぁがっ」

レミリアは顔面を殴られ石積みの壁に吹っ飛ばされた後、床に倒れ込んだ。

壁に張り付いた時に見えた顔はグチャグチャに潰されており、前歯は全て折れていた。

道を歩くだけで、通りすがる男が振り返っていた、レミリアの美貌《びぼう》はもうどこにもない。

床に落ちた後、レミリアは少しの間ビクビクと痙攣していたが、何とか震えながらも立ち上がる。

普通なら立てないが、レミリアも流石は黒い市場の幹部というだけあって根性はあるみたいだ。

「お前には色々と吐いて貰わないと駄目だからな。命だけは助けてやるよ」

カインはそう告げた。

「覚えておきなさい。貴方達だけは許さないわ……黒い市場の顔に泥を塗った事をきっと後悔させてやるから」

レミリアはそれだけ言い切ると、胸のネックレスを引きちぎり地面に落として中央部のガラスを踏み割った。

するとレミリアの足元から、大爆発が起こる。

その爆発は気化したアルコールにも引火し更に大きな大爆発と変わる。

「あはははは、っ」

レミリアは笑いながら爆発に巻き込まれた。

俺は無我夢中《むがむちゅう》で隣にいたアリスとダンに覆い被さる。

俺達は爆発の衝撃で数メートルも吹っ飛ばされ、更に床の上を何回転も転がった。

幸いにも耐火マフラーを装備していたので火傷とかの外傷はなく、怪我と言っても吹っ飛ばされた衝撃による打ち身がある程度だ。

「アリス、ダン。怪我はないか？」

「えぇ……なんとか」

「俺も、なんとか大丈夫」

「大丈夫なら良かった。レミリアの奴がまさか自爆するとはな……それより、カインは大丈夫なのか!?　あいつはあの爆発をもろに喰らっていたぞ」

焦った俺が爆発前にカインがいた場所に視線を向ける。

爆発の衝撃で吹っ飛ばされた俺達とは違って、カインはその場で立っていた。

衣服は燃え裸体をさらけ出し、装備は焼け焦げているが、命に別状はなくピンピンとしていた。

とにかく話をするため、俺はカインの元に移動する。

「何だ今の爆発は？　流石にビックリしたじゃねーか」

「おい、ゴリラ！　どうしてあの爆発を受けて、殆ど無傷なんだ？　俺はどうやったらお前を殺す事が出来るのか本気で分からなくなってきたぞ。お前は本当に人間で間違いないんだよな？」

カインにポーションをぶっ掛けながら俺は本音をぶつける。

「かっかっか！　この程度の事で何を言っている？　鍛えればどうって事はないだろ？」

カインは豪快に笑う。

カインの前方にはレミリアの死体が転がっていた。

全身が焼け焦げているので本人の確認は出来ないが、あの爆発で生きている方がおかしい。普通に考えれば、この死体はレミリアで間違いないだろう。

「カイン、とにかくこれで終わりだな」

「そうだな。ラベル、今回は本当に助かった。感謝する」

こうして俺達の戦いは終焉《しゅうえん》を迎えようとしていた。

◇◇◇

リオンはアドリアーノとシャガール達を引き連れて、最上階の3階で身を潜めている。

リオン達以外にも招待された多くの来賓者達が集まっており、一つの集団が出来上がっていた。

その集団の中で最も地位が高く、最重要人物なのがアドリアーノだという事は間違いない。

アドリアーノは集団の一番奥にその身を隠した。

2階から轟音や悲鳴が聴こえ、実際に見なくても壮絶な戦況が容易に想像できた。

気弱なアドリアーノは何度もビクンと身体を震わせている。

「大丈夫だよ。アドは私が絶対に守るから」

リオンはアドリアーノの手を握り、何度も勇気付けていた。

「リオンは怖くないの？　殺されてしまうかもしれないんだよ？」

アドリアーノはまだ幼い。

今の状況で気丈《きじょう》に振る舞える程、心は強く成長していないのだ。

リオンもそれが分かっているため、アドリアーノが分かるように自分の気持ちを簡潔に伝える。

「本当の事を言えば私も怖いよ。でも諦めない事が一番大切だって私は知ったから」

「諦めない事？」

「うん。諦めない事が一番大切なの。アドにもこの先、絶対に戦わなければいけない時が来ると思うけど、その時は諦めないで勇気を出して戦って欲しいな」

自分がラベルに教えて貰った事をリオンはアドリアーノに話して聞かせた。

しばらくすると2階から大きな爆発が発生した。

3階の床が爆発の衝撃で大きく振動する。

「うわぁぁー」

シャガールと部下はアドリアーノの周囲を固め直し、リオンはアドリアーノを抱きしめた。

爆発はすぐに収まり、辺りには静けさが戻っていく。

「2階で一体何が起こっているんだ？」

「おい、誰か見て来いよ」

2階は今、どういった状況なのか？

誰もが気になっているのだが、誰も恐ろしくて確認しに行く事が出来ない。

しかし情報を得なければ、この場所から動けない事も全員が理解している。

その後、全員で話し合った結果、ここに集まっている護衛の中から1名ずつ出し合って、2階の様子を見に行かせる事が決まった。

その後、選ばれた5人の護衛達が2階に下りて行く。

その後しばらくすると、走りながら戻って来た。

「襲撃者は全滅したみたいだぞ。これでもう大丈夫だ！」

全員が歓喜に満ちた大声で叫んでいた。

「おおぉぉぉ」

「やったぞ、私達は助かったぞ！」

人々は立ち上がると互いに手を取り、生き残った事を喜び合っている。

周囲は安堵感で満たされていた。

リオンもつい気が緩み、ホッと息を吐こうとした……しかしその瞬間。

リオンの脳裏に、新しい未来が映し出された。

これから起こる事態を察し、リオンは大きく目を見開くと同時に抜剣した。

そのままアドリアーノの前に立ちふさがる。

リオンの動きにいち早く反応したのはシャガールだった。

すぐに周囲を確認し、前方から身を低くしたまま近づいて来る4人の男を見つけた。

「まだ襲撃者がこの中に紛れ込んでいるぞ！　アドリアーノ様を守れぇぇぇ!!」

すぐさま自分の部下に指示を出すと、腰から短剣を2本抜き取り、自ら襲撃者に向かって行く。

シャガールが4人に突っ込んだ瞬間、4人組は一つの集団から三つに分かれる。

1人はシャガールへと飛び掛かって来たが、残り3人はそれぞれ違うルートでアドリアーノに向かった。

リオンはアドリアーノの正面で敵を待ち構えた。

そして振り向かずにアドリアーノに声を掛ける。

「アドは絶対に私から離れないでね」

「分かったよ。でもリオンは絶対に無理はしないで！　僕はリオンが傷つくのも嫌なんだ」

「ごめん。それは約束できないかも」

その間にリオンの前にシャガールの部下2人が集まり、それぞれが1名ずつ受け止めた。

最後の1人がリオンの前にたどり着くとリオンの背後に隠れるアドに向けて剣を振るう。

「させない！」

リオンは相手の動きを読んでおり、襲撃者が腕を振り上げた瞬間、既に死角からリオンの剣が迫っていた。

そしてそのままリオンは剣を振り抜き、襲撃者の腹部に一撃をあたえる。

「ぐぁぁぁぁ」

一瞬で敵を倒したリオンは、そのまま前方で苦戦をしていた仲間の援護へと向かう。

苦戦中の仲間もリオンが参戦した事により、手数が増え襲撃者をなんとか倒す事に成功する。

アドリアーノはずっとリオンに見入っていた。

強く美しく、そして心優しいリオンを見つめ頬を赤らめる。

それは紛れもなくアドリアーノの初恋であった。

シャガールも襲撃者を難なく倒し、これで襲って来た襲撃者は全て倒された事になる。

まだ警戒は解けないが、周囲を見る限り不審な者は見つからなかった。

これでアドリアーノの暗殺は失敗に終わる。

それでもしばらくの間、警戒を続けていたが、怪しい者は現れなかった。来賓達は巻き添えで切られたくないといった様子で、少しずつアドリアーノから距離を取り始める。

(もう大丈夫かな?)

そんな様子を見て、リオンが一瞬だけ気を抜いてしまった瞬間、リオンの脳裏には再び、違う男が吹き矢を放っている映像が見えた。

男の場所までは距離があるため、男が攻撃を始める前に倒すのは難しい。

リオンは無我夢中で吹き矢の進路上に飛び出した。

最初は剣で吹き矢を叩き落とそうと考えたが、矢が小さすぎて何処を狙っているのか分からない。

仕方なくリオンは吹き矢の男に背を向けた。

そのままアドリアーノを抱きしめ、身体を張って吹き矢からアドリアーノを守る。

「痛っ!!」

ドスッという音と共に小さな痛みが背中を走る。

確認しなくてもリオンは自分が矢の攻撃を受けたと理解した。

けれどリオンに後悔はない。

「リオンッ!?」

リオンの表情が歪んだ事でアドリアーノも今の状況を理解する。

シャガールは矢を吹いた者に駆け寄ると、その首を刎《は》ね飛ばした。

助かったと騒いでいた周囲も、まだ襲撃者が残っていた事に驚き、恐怖を覚えて疑心暗鬼《ぎしんあんき》となり全員がその場で固まってしまう。

そして次の瞬間には自分達の命の危険を察して、全員が助かりたい一心で逃げ惑い始めた。

中には叫び声を上げ、泣きじゃくる者もいた。

アドリアーノはリオンに抱きつかれた状態のまま、どうしたらいいのか分からずに泣いていた。

「リオン、死なないで!」

自分の身代わりとなり、負傷したリオンを心配して声を掛ける。

「私は大丈夫だから、アドが無事で良かった」

リオンもそれが分かっているので、言葉を掛けながらアドリアーノの頭を撫《な》でていた。

するとシャガールが走って戻って来た。

シャガールは部下に指示を出し、再度の襲撃を考慮し、アドリアーノの周囲を囲わせた。

「リオン殿、すぐに解毒します。傷口を！」

リオンはシャガールの問いかけを受けて初めて、自分が危険な状態なのだと理解した。

暗殺用の矢には当然、毒が塗られている。

その矢を受けてしまったのだ、自分はその毒ですぐに死んでしまうのだろう。

リオンはそう理解した。

死の淵《ふち》に立って感じた事は、ラベルとこのままお別れするのは嫌だという気持ちである。

それ以外の感情は湧いてこなかった。

しかしもうどうしようもない。

リオンは覚悟を決めて自分の死を受け入れるために目を閉じた。

しかしいくら待っても何も起こらない。

「なんともないんだけど……矢が刺さった時は少し痛かったけど、まさかそれだけ？　もしかして矢に毒が塗ってなかったとか？」

シャガールは怪訝《けげん》な表情を浮かべたが、すぐに何かを思い出す。

そして背中に刺さっていた矢を引きぬいた。

抜き取った矢先を確認してみると黒く変色しており、何かが塗られた形跡がちゃんと残っている。

シャガールはすぐにリオンに毒が効かなかった理由を察する。

「リオン殿、貴方に毒が効かなかった理由。それは多分アドリアーノ様が差し上げたミサンガの効果です」

リオンの胸に顔を埋めていたアドリアーノが勢いよく顔を上げる。

「アドが私にくれたこのミサンガ？」

リオンは右手首に着けたミサンガに視線を向けた。

その瞬間ミサンガが自然とちぎれて床に落ちる。

その様子を見ていたアドリアーノがミサンガの説明を始めた。

「うん。このミサンガは僕の身を守るために着けていた特別なアイテムだったんだ。このミサンガは装備者への攻撃を一度だけ代わりに受けてくれるんだよ」

「そうだったんだ」

「簡単に言えば、ミサンガを着けている限り、どんな攻撃でも一度だけ全てが無効となるんだ。王族は暗殺される危険が多いから」

「それって物凄い高価な装備じゃ？　私、そんな高価な物を！　どうしよう……弁償《べんしょう》なんて出来ないよ」

「ううん。僕があげたいって思ってあげた物だし、それにさっそく役に立ってくれたから、とても嬉しいよ」

「でも……」

「それに国に帰れば同じ効果を持つ別のアイテムもあるから気にしないで」

「そこまで言うなら……アド……ううん。アドリアーノ様、ありがとうございます」

リオンは一度アドと距離を取ると、深々と頭を下げてお礼を述べる。

再会を果たして間もなかったため、出会った時のまま、アドとして対応をしてしまっていたが、アドリアーノが王子という事をリオンも今更思い出したのだ。

「僕の事はアドでいいよ！　って言っても難しいか。でも僕は継承順位が低いからね。誰も気にしないと思う」

「ううん。それじゃシャガールさんが可哀想。アドリアーノ様の事を一番に考えて応援してくれているんだよ」

「それは分かっているさ。僕の味方はずっとシャガールだけだからね。だけど……」

アドリアーノは姿勢を正すとリオンの前に赴き手を差し伸べた。

「リオン、僕と一緒に僕の国に来てくれないか？　勿論、大切にするし、寂しい思いはさせないと誓うよ」

精一杯背伸びをして、子供らしくない言い回しを使っている。

アドリアーノはリオンに一緒に国に来て欲しいと告げた。

一方、リオンはアドリアーノが何を言って来たのか理解できなかった。

頭の中で何度もアドの言葉をリピートする事で、やっとアドの言いたい事が分かった気がした。

「どうかな？」

アドリアーノの目は真剣だった。

ならリオンも真剣に答えを返さないと駄目だと思った。

「私はアドリアーノ様と一緒には行けません。１人の冒険者として、私を救ってくれた人に恩を返したいの。私はオラトリオのためにこれからも頑張りたい。申し出は嬉しいですが、私の事は諦めてください」

嘘偽りのない言葉である。

アドリアーノもリオンの真剣な目を見て頷いてくれた。

リオンは分かってくれたと思った。

「それじゃ僕は待つよ。リオンが恩人に恩を返す日まで、それまでは友人になってくれないか？」

アドリアーノの答えはリオンが想像していたものとは少し違った。

勝手に待たれても自分の気持ちも考えて欲しいと思ったが、アドリアーノはまだ子供であり、これからも王族として数多くの美しい女性達と出会って行くだろう。

きっとすぐに自分の事は忘れて、アドリアーノに相応しい女性と結婚するに違いない。

「友人なら喜んで！」

リオンはそう考えたので即答する。

この時、誰もアドリアーノの中で大きな変化があった事に気付いていなかった。

ずっと気弱で引っ込み思案だったアドリアーノは、リオンと出会い強くなりたいと願うようになっていた。

「僕はリオンと同じ位強くなるよ。だからこれからの僕を見ていて欲しい」

「うん。分かった」

「3年後のこの式典でまた会おう。その時は正式に【オラトリオ】に護衛の依頼を出すから」

「うん。待ってるね」

「じゃあ、友人として、今度はこれを受け取って貰えないかな？」

アドリアーノは右手首に三つ着けていた腕輪の一つをリオンに差し出す。

「アド……私、もう高価な物は受け取れないよ？」

「大丈夫、これは本当になんでもないただの飾りだから」

「本当？」

「うん。本当だよ」

アドリアーノは笑顔で腕輪を差し出す。

しかしいまいち信用できないでいた。

「本当に本当？」

判断に困ったリオンは側近のシャガールに視線を向ける。

シャガールが強く頷いて、大丈夫だと言っている。

そこまで言うのならリオンも断り続ける事など出来ない。

「アド、ありがとう」

その後、リオンはラベル達が3階に来るまでの間、アドリアーノと楽しく話をした。

ラベルと出会ってから体験した冒険の話を、アドリアーノは目を輝かせながら聞き入っている。

その後は事後処理を終え、アドリアーノが【グランシール】に戻る日まで、リオンはアドリアーノの護衛を任され、2人でサイフォンの街の観光を楽しんだ。

それから十数年後、アドリアーノが海運国家【グランシール】の次期国王に選ばれる事になるとは誰も想像できなかった。

第十四章　ハンスの末路とカインの進退

商業都市サイフォンで黒い市場の企《たくら》みをぶっ潰した後、全ての事後処理を終えた俺達は首都へと戻っていた。

今日の昼には首都に到着する予定で、その間に俺とカインがゆっくりと話し合う時間も取れ、今日までの経緯をカインに話して聞かせた。

俺が追放された事からギルドを作った事など、嘘偽りなく順を追ってカインに話していく。

カインは話を聞き終えた後、再度頭を下げてきた。

「ラベル……本当にすまなかった」

「もう、終わった事だ。俺は今の状態に満足しているんだし、もうこの件は終わりにしようぜ」

「そうは言ってもよぉ」

俺はカインがどれだけ悔いているかを分かっているので、気にするなと告げる。

カインの方も独自に調査を行っていたらしく、ハンスの愚行は大体知っているみたいだった。

そういう事ならと俺はレミリアが俺に教えてくれた退職金の事を聞いてみる。

その話は初耳だったらしく、カインは怒りに満ちた表情を浮かべた。

「オールグランドの退職金は、所属年数と本人の実績から計算されるからな。ＳＳ級ダンジョンを攻略したお前の退職金が金貨10枚なんてあり得ねぇよ。ハンスの野郎は絶対に許さねぇぇ」

「俺もおかしいとは思ったんだけどな。だけど退職金の算出方法なんて知らないし、あの時は冷静に話し合う前に、頭に血が上ってギルドホームから飛び出して行ってしまった。まさか俺の退職金が盗まれていたなんて想像もしなかったよ」

「ギルドには今までお前が記名した書類も残っている筈だからな。退職金の受領書と見比べてサインが偽造されているかはすぐに判明する。俺達がギルドに戻ったら一番に調べさせるとしよう」

「それでもしハンスが横領したと分かった場合はどうするつもりだ？」

「当然、それ相応の報いを受けて貰う。だけどな、ハンスの罪はそれだけじゃない。ギルド会議の情報もアイツから漏れたと俺は睨んでいる。そして睨み通りだと判明すれば、ハンスはもう地に落ちるしかない」

カインはそう言うと後は口を閉ざす。

その表情にはいつもの豪快さは消え去り、強い決意が浮かんでいた。

◇◇◇

その後ギルドホームの前に到着した俺達は、そのままギルドホームに入って行く。

俺やオラトリオのメンバーは本来なら部外者だが、今回は関係者として同行して欲しいとの事だ。

ホームに入ってすぐにスクワードの部下が駆け寄って来た。

どうやら俺達より早くギルドホームに戻って来ており、ハンスをずっと監視していたみたいだ。

「ハンスは今、執務室にいます。別の者が見張っているので逃げても追えます」

「分かった」

俺達はまっすぐに執務室を目指した。

その移動中、療養中と聞かされていたカインが現れた事でギルドメンバー達が大きな歓声を上げながら駆け寄って来る。

それをスクワードや部下がバリケードとなって防いでくれた。

「お前達に頼みたい事がある。今から3時間後に大ホールで緊急の会議を行う。今から集められるだけのメンバーを集めてくれ。そこで全てを話す！」

「はっ、はい!!」

カインの迫力に押され、命令を受けたギルドメンバーは他のメンバー達を集めるため走り出した。

カインが帰還した情報は瞬く間に広がり、ギルドメンバーは大ホールに集結し始めていた。

一方、執務室に到着したカインはドアを勢いよく開ける。

部屋には元気がないハンスとリンドバーグが何やら話し込んでいた。

突然入り口のドアが開いたので、ハンスが驚いた表情で俺達の方を向く。

「よぅ、ハンス！　俺がいない間迷惑をかけたな！」

「マッ、マスター!?　今は療養中の筈じゃ？」

「この通りピンピンしているぞ！　俺が帰って来たんだからお前のギルドマスター代理はもう終わりだ。もうお前にはなんの権限もない」

その瞬間、ハンスは乾《かわ》いた笑いをこぼし、憑《つ》き物が取れたように脱力していた。

「これで終わり……だと？　俺の今までの苦労が……ははは」

「そうだな、今まで裏で色々やってきたんだ。そりゃ苦労もしているだろうな」

「それはどういう……」

ハンスは訳が分からないと言いたげな態度を見せた。

「今からお前を処罰《しょばつ》する。いい逃れはあるか？」

「処罰!?　俺が一体何をやった？」

その瞬間、バチン！　という大きく乾いた音が執務室内に鳴り響く。

音の原因は再度とぼけようとしたハンスの頬を、カインが思い切り平手で打ち抜いた音であった。

「ぐべぇぇっ」

ハンスの顔が高速で90度近く回転する。

俺はその様子を見ていて、ハンスの首がもげてしまったのではないかと思った。

「あがぁぁぁ」

口の中もかなり切っているみたいで、口からは大量の血が流れている。

「ハンス様、大丈夫ですか!?　マスター、何故ハンス様にこんな仕打ちをするのですか？　ハンス様は今日までギルドマスター代理として精一杯頑張ってこられたのですよ！」

ハンスの傍にいたリンドバーグが倒れたハンスの元に駆け寄った。

だがカインはリンドバーグを無視し、話を進める。

「ハンス、お前はギルドの規約を無理やり変更し、後ろにいるラベルを不当に追放した！　間違いないな？」

「そっ、それは……確かに規約は変更したが、それはギルドのルールに則って、ちゃんと幹部達と話し合って決めた事だ。ポーターのおっさん1人を追放したくて変更した訳じゃない」

「お前が変更した内容で被害を受けるのはラベルただ1人だ。それでも言い逃れをする気なのか？」

「……っ」

ハンスは言葉を詰まらせた。

そこに再び平手打ちが飛ぶ。

ハンスの真横にいたリンドバーグが反応すら出来ない程の平手打ちだ。

たった二回のカインの平手打ちでハンスの頬は倍以上に腫れ上がっていた。

「次にお前は無策のままSS級ダンジョン攻略を仕掛け、団員の命を危険に晒《さら》した。違うか？」

「ちっ、違う!!　ちゃんと攻略できると踏んで挑んだんだ。俺は俺なりにギルドの名声を高めるために！」

「その割にお前は前線をユニオンだけに任せっきりにして、その間後方で優雅《ゆうが》に酒を飲んでいたらしいじゃないか？　お前は本当に何がしたいんだ？　ダンジョンはピクニックじゃないんだぞ！」

「そっ、それは……」

ハンスは再び言葉を詰まらせた。

「極めつけにお前は各ギルドに脅しをかけて、ラベルが孤立するように手を回したな。証拠は挙がっているから、つまらない嘘はつくなよ？」

もはやハンスは何も言えなくなっていた。

「この件で分かるだろ？　お前はギルドを私怨《しえん》のために利用し、ギルドが築き上げてきた名声を傷つけた。よってお前を処罰する」

ハンスは震えだし、カインの足元に縋《すが》りついた。

リンドバーグも自分の知らなかった事実が明るみになり、困惑している様子だ。

「待ってくれ！」

「何を待ってくれなんだ？」

「本当にすまなかった！　俺が悪かった」

カインは無言でハンスの顔面に平手を入れる。

もう何発喰らったのか、俺にも分からなくなってきた。

「ぐべぇっ」

「謝るなら最初からするな!!」

ハンスはそれでも縋って来る。

「おっさん、いやラベルさんが自分は戦わないくせに色々と文句を言ってくるから」

カインはまた無言で平手を喰らわす。

「俺はお前に言ったよな？　ラベルに色々教えて貰え……ってな！　お前はギルドマスターが言った命令を守らず、自分の感情だけで優秀な人材を追放したんだぞ。分かっているのか？」

ハンスはカインの背後で黙って見ていた俺に縋りついて来た。

「俺が間違っていた。俺が必要なのはラベルさんあんただけだ！」

「お前は俺を追放したんだろ!?　今更、何を言っているんだ？」

つい本音を返してしまった。

俺の言葉を聞いたハンスが絶望に満ちた表情を浮かべた。

そして背後からカインに首元を掴まれてしまう。

「もう二度としない。だから許してくれ、いやくださいぃぃぃぃ」

「二度としないんじゃない。今言ってるのは既にやった事に対する罰の話だぁろうがぁぁ」

涙目で懇願するハンスに対して、強烈な張り手が再びハンスを襲う。

「ぐふぅぅっ」

ハンスの整った顔はもはや見る影もなくなっていた。

「おいスクワード、ハンスにポーションをかけろ。まだ殴り足りない！」

「わーったよ。でも余り無茶はするなよ」

スクワードは瀕死のハンスにポーションをかけ、ある程度回復させた。

「もうしません。だからギルドにだけはいさせてください」

ハンスは必死の形相で土下座《どげざ》を始めた。

「いや無理だ。お前はやってはいけない事をやった」

そして土下座のハンスに再び平手を放り込んだ。

「追放されたら俺はどうなるんだ」

「お前にはレミリアがいるじゃないか！」

俺はつい勢いでそう返していた。

しかしレミリアが黒い市場の幹部で、サイフォンでの襲撃の首謀者《しゅぼうしゃ》として死んだ事をハンスは知らない。

「レミリアがいなくなったんだよぉぉぉ」

ハンスは絶叫する。

「じゃぁどうしたらいいんだ。俺はどうしたら許して貰えるんだ？」

「それは自分で考えろ。ただ考える余裕があればの話だがな」

ハンスは再び俺の元にすり寄って来た。

「なぁ、俺達は同じパーティーで共に戦ってきた仲間じゃないのか？　そんな俺をアンタは見捨てるのか？　頼むよぉ、今回だけ許してくれ」

ハンスは自分がやってきた非道《ひどう》を棚に上げ、負け犬のように縋りついてきた。

自分がやった事をなかった事にしようとするその態度に俺は腹を立てた。

「俺は1年間、お前達と同じパーティーで活動した事を後悔している。だから二度と近づくな」

「ラベルさん、そうだ！　あんたにも責任がある筈だ。もっと俺を上手く扱ってくれていたら……」

「俺もあそこまで嫌われているとは思っていなかったからな、お前は俺が嫌いなんだろ？　今更、復縁要請なんてしてくるなって」

「アンタばっかりマスターに認められて羨ましかったんだよ」

「お前は羨ましいと感じた者をギルドから追放するのか？　その思考が俺には理解できん」

「いや、どうかしてたんだ。お願いです。もう一度だけ俺にチャンスをください」

「知らん。今の俺には大切で最高の仲間が出来たんだ。この仲間達と共にこの先もダンジョンに挑むつもりだ」

俺はそう言いながら、リオンとダンに笑顔を向けた。

ハンスはがっくりと膝をつき、うずくまるしか出来なくなっていた。

だがこれで終わりではない。

この後、ハンスは俺の退職金を横領した罪を問われる事となる。

ハンスの断罪が続けられていた最中、2名の男が部屋に飛び込んで来た。

彼等には見覚えがある。確かスクワードの部下だ。

彼等は数枚の書類を持っていた。

「例の件の確認が取れました！　間違いありません」

「そうか……」

スクワードが部下から受け取った三枚の書類に目を通した後、それをカインに渡す。

カインは同じように書類に目を通し、うずくまるハンスの服を掴み軽々と持ち上げた。

「ハンス、お前はラベルに支払われる筈だった退職金を盗んだな？」

「ひぃぃっ。俺は知らない！」

完全に心を打ち砕かれているハンスは半狂乱になっていた。

「ラベルはお前から金貨10枚が退職金だと言われたと聞いているぞ！」

「俺はそんな事は言ってない。それに俺が取ったっていう証拠もない筈だ。もう許してくれよぉぉぉ」

「もしお前がラベルの退職金を奪った場合、盗んだ金額は金貨3000枚という事になる。そんな大金を盗んでおいて、許してくれれで済まされると思っているのか!?」

カインは三枚の書類を突き付けた。

一枚は退職金の受領書。残りの二枚にはそれぞれ、ハンスと俺のサインが入った書類だ。

「それにな、証拠ならここに在る」

受領書に書かれている俺の名前の筆跡《ひっせき》は、ハンスの名前が書かれた筆跡と同じであった。

「退職金の受領書に書いてあるサインはお前が書いただろ？　多少は似せていたみたいだが、お前の字と同じ癖が出ているぞ。後でちゃんと鑑定にも出すから言い逃れしても無駄だ」

「ぐぅぅぅっ！」

ハンスは歯ぎしりをしながら苦渋の表情を浮かべている。

その姿は罪を認めたと言っているに等しい。

その瞬間、リンドバーグがハンスを殴りつけた。

顔は紅潮し、大量の涙を流している。

「あんたを信じて付いて来たのに、聞いていれば人として自慢できる事を何一つしていないじゃないか！」

流れる涙を拭うのも忘れて、リンドバーグはハンスの胸倉を掴んで持ち上げた。

「まさかあの金貨が盗んだ物だなんて……そんな汚い金のために俺は悩んで、苦しんできたのかよ……ふざけるのもいい加減にしろよ！」

リンドバーグはハンスを睨みつけていた。

「リンドバーグ……お前……」

ハンスもまさかリンドバーグに殴られるとは思っていなかったようで、茫然《ぼうぜん》として動かなくなる。

「貴方は罪を償うべきだ。それが出来なければ人じゃない」

次にリンドバーグは俺の前に駆け寄って来て土下座を始めた。

「ラベルさん、本当に申し訳ありません。確かにハンスは金貨3000枚を持っていました。ですがその資金の半分は既にSS級ダンジョン攻略のための軍資金として使用しています。私も知らなかったとはいえ、ラベルさんの金で装備やアイテムの注文をいたしました。私も出来る限りの償いはさせて頂きます」

「リンドバーグ、お前は知らなかったんだろ？　じゃあ悪くないだろう？」

俺はリンドバーグにそう告げた。

「知らなかったとはいえ、横領に加担していたのは事実です。出来る限りの償いはさせてください」

「償いといってもだな……」

リンドバーグの事は俺も知っている。

この男の性格を簡単に説明するなら真面目だ。

今回の事でリンドバーグも責任を感じているのだろう。

ハンスに騙されていたのは分かっているので、俺としては罰を与えるつもりはなかった。

「使った資金は金貨1500枚、その半分の750枚を……」

リンドバーグがそこまで言いかけた時、俺は止めた。

「待て待て、金貨750枚って大金だぞ。普通にダンジョンに潜ってもすぐに稼げる金じゃない」

「分かっています。ですが使ってしまった以上は！」

リンドバーグは退職金の半分以上をSS級ダンジョンの準備に使ったと言った。

買った物は装備とアイテム。

それならやりようはある。

「リンドバーグ、買った物は全部分かっているよな？」

「はい……オーダーメイドの装備とポーションなどのアイテム。後はフロアギミックに対応した装備です」

「なら俺が適正価格で全部買い取ってやる。残金に買い取りの値をたして、それでも足りない分の半分をお前が払うってのはどうだ？」

「えっ、そんな。それに装備は私達の身体に合わせたオーダーメイドですよ」

「装備の方はサイズを変える依頼を出して俺達に合わせた装備に作り替えて貰う。もちろん作り直しにかかる費用はお前に持って貰うがな」

「それは当然ですが……」

これで少しはリンドバーグの負担を軽くできると思う。

ハンスはこのまま朽ちるとしても、リンドバーグは今後もオールグランドに残るのだろう。

そしてこの話は必ず公《おおやけ》になる。

その時、ハンスに心酔《しんすい》していたリンドバーグは一体どうなってしまうのか？

俺はこれから始まるリンドバーグの苦難を案じた。

「なぁリンドバーグ。お前はどうやって金を稼ぐつもりなんだ？」

「それはダンジョンに潜ってですが……」

「俺には、ギルドを滅茶苦茶にしたハンスの右腕だった男と、パーティーを組む冒険者がいるとは思えない」

「そっ、それは」

リンドバーグも馬鹿ではない。

すぐに俺の言った事を理解し、自分の辛い立場を想像し始める。

「リンドバーグ、本当に俺に金を返すつもりがあるなら、お前、オラトリオに来ないか？」

「えっ、それはどういう意味で？」

「お前が借金を踏み倒さないように、俺が傍で見張っていてやるよ。俺達と共にダンジョンに潜り、その時の分配金から俺に金を返せばいい。だけど言っておくが楽が出来るとは思うなよ」

「でも、それでは罪滅ぼしにならないんじゃ」

「怖《お》じ気《け》づいたなら無理強いはしない。償うべき相手の傍にいるって事は楽じゃないからな」

「どんなに辛くても、私から逃げ出す事は絶対にあり得ません!!」

「なら決まりだ。お前の借金がなくなるまでリンドバーグはオラトリオの一員だ」

俺はそう言いながら手を差し伸べた。

リンドバーグはその手を握った。

「カイン、そういう事になった。構わないか？」

「仕方ないな。お前には借りもあるし、俺には止める権利がない。今回はお前の好きにしろ」

こうしてリンドバーグが俺達のギルドの一員となった。

その間、ハンスは茫然と一連の流れを見続けていた。

「なんだよそれは……どうしてこうなるんだ？」

ハンスがポツリと呟く。

「どうして、おっさんが俺の全てを奪っていくんだよ？」

今度は先ほどよりも大きな声だ。

さっきまで助けてくれと縋りついていたくせに、今度は逆にハンスの言葉に強い怒りを感じる。

「なんでだぁぁ！　お前は俺から地位も名誉も仲間も全部奪っていくつもりかよ？　おかしいだろ？　絶対におかしいだろっ！」

ハンスは絶叫して立ち上がったのだが、すぐにスクワードの部下にその身柄を取り押さえられた。

「奪っていったじゃねーだろ？　全部お前が自分で捨てたんだよ。お前が誠心誠意、真面目に頑張っていれば、その全てが手に入っていたんだよ!!　どうしてそれが分からねぇぇんだ!!」

カインはハンスの胸倉を掴み上げると、互いの顔が触れ合う距離で鼓膜《こまく》が破れる程の大声で叫ぶ。

「お前はこの後、憲兵に突き出され、契約魔法に縛られたまま強制収容所で働き続ける日々を過ごす事になる。当然、私財は没収され全てが支払いに回されるから一文無《いちもんな》しだ。残った金を返せば元の生活に戻れるが、多分死ぬまで働いても返せないだろう」

そしてカインはハンスを解放し、最後の言葉を掛けた。

「そこで自分の罪を見つめ直せ！」

カインはそう言うとハンスを連れて行くように指示を出す。

「ゆるさんぞ。ゆるさん。俺はお前だけはゆるさねぇぇぇからなぁぁぁ！」

納得がいかないハンスは、捨て台詞《ぜりふ》を吐きながら部屋から連れて行かれていく。

ハンスが睨みつける視線には憎悪が満ちていた。

その目を見た俺は嫌な予感が体中を駆け巡り、自然と全身に鳥肌が立っていた。

しかしハンスはこの後、強制的に契約魔法で縛られる事になるのでもう逃げる事は出来ない。

「一応終わったな……ラベル、全ての金を清算して足りない分は俺が負担するから正直に言え」

「馬鹿を言え。お前が俺の代わりに怒ってくれたからな。もう十分スッキリしたから俺は満足だ」

「そうなると、後は俺自身の身の振り方だけだな……」

カインはそう言うと大ホールに向けて歩き始める。

この後開かれる集会でカインはギルドメンバーの前で自らの罪を償う気でいるのだろう。

◇◇◇

オールグランドの大ホールには多くのギルドメンバー達が集まっていた。

見た感じで言えば、総数の八割近くはいるだろう。

残り二割はダンジョンの攻略中や首都から離れているメンバーだ。

定刻となり、壇上にカインが姿を現した。

俺達も壇上脇のカーテン越しに姿を隠し、カインの様子を窺っていた。

カインは新しい装備に着替えており、それなりに気を遣っているみたいだ。

療養中と聞かされていたギルドメンバー達は、カインの元気な姿を目にして大きな歓声を上げた。

「やっと帰って来たのかよー！」

「マスター待っていたぞ！」

指笛も鳴り響き、大ホールは一瞬にしてお祭り騒ぎと化していた。

「お前ら、待たせたな」

拡声魔具越しにカインが語りだした。

カインの声色《こわいろ》も普段より弾んでおり、本人もオールグランドに戻って来れた事が嬉しいのだろう。

カインの一言によって会場はさらに盛り上がり、いよいよ収拾がつかなくなり始めていた。

「お前達一旦黙れ！　騒がしすぎてマスターが話せないじゃないか!!　マスターから大事な報告があるんだ。お前達が喜ぶ気持ちも理解できるが、今は黙って聞いてやれ」

見かねたスクワードが別の拡声魔具を使ってギルドメンバー達を黙らせる。

怪我で療養中だと聞かされているギルドメンバー達は、今回の招集をカインが復帰した報告会と思っていた。

しかし何やら裏があると知り、興味を持った者達から順番に口を閉ざしていく。

そして3分後、会場は沈黙を取り戻していた。

その状況になってやっとカインが話し始める。

「まずギルド会議を襲撃されたのは事実だ。俺はその時……」

カインは順を追いながら真相を語っていく。

黒い市場に襲われた事や敵の裏をかくためにわざと身を隠した事、先日起こったサイフォンでの襲撃の現場にいた事などを話す。

更には自分がいない間にギルドマスター代理を任せていたハンスが無茶を行い、ギルドの名声を地に落とした事を知りながらも今日まで動けなかった事を話した後、頭を下げて素直に謝罪した。

だがレミリアが黒い市場だった事などは、オールグランドの存続にも関わるので黙っているようだ。

「まぁ……そういう事だ。お前達が浴びせられてきた誹謗中傷《ひぼうちゅうしょう》の原因は、ハンスを任命した俺に全責任がある。本当にすまなかった。責任を取るためにも俺はギルドマスターを辞任する！　今後の事はスクワードに任せている。お前達もスクワードと共にオールグランドを守ってやって欲しい」

カインは謝罪をし、もう一度ギルドメンバー達に深々と頭を下げる。

大ホールは沈黙に包まれていた。

俺の近くにはスクワードが無言で様子を見ていたが、不思議と笑っている様にも見えた。

「スクワード、こんな時に何を笑っているんだ？　不謹慎《ふきんしん》だぞ」

「いやぁ、あのゴリラが頭を下げるところなんて、一生に一度、見れるかどうかの大事件だろ？　もう可笑《おか》しくってな。目に焼き付けておかねーと」

「何ふざけているんだ？　お前は次のギルドマスターなんだぞ。もっと真剣にだな……」

「馬鹿野郎。どうやらダンジョンしか興味がないお前は、分かってないみたいだな。お前はどうして、オールグランドが十大ギルドにまで成長したと思っているんだ？　黙って見ていろよ。すぐに面白い事が起こるから」

「面白い事!?」

スクワードが嬉しそうに壇上へと指をさしていた。

俺も壇上に視線を向けると静寂の中から少しずつ声が聞こえ始める。

「それで逃げるのか!?　辞めたら終わりじゃねーだろ」

「マスターがいないオールグランドなんて価値がないじゃないか！」

「俺はマスターに憧れてこのギルドに入ったんだぞ。その責任を取れ！」

「俺は認めないぞ。責任のために辞めるというなら、ギルドのために働け！」

「そうだ！」

集まっている冒険者達から辞任に反対する罵声《ばせい》が起こり始めた。

その声はすぐに大ホール内に鳴り響く。

「お前ら……」

カインの目には涙が浮かび上がっているようにも見えた。

「やめんじゃーねーぞ！」

「俺達を引っ張って行けるのはお前しかいない」

「どこにも行くんじゃねーぞ」

カインも最初は黙っていたが、次第に身体が震え始める。

そして、下げていた頭を上げた時には、いつものカインに戻っていた。

「そんなに言うなら。仕方ねーな。俺はギルドマスターを辞任する事をやめる！」

「おおおぉぉぉぉーっ！」

会場は今日一番の大歓声に包まれた。

その後カインは更に調子に乗ってとんでもない事を言い始める。

「よぉーし決めたぞ。俺は地に落ちたオールグランドの名声を取り戻すために、ＳＳ級ダンジョンの攻略をここに誓う。勿論、俺自身もダンジョンに潜り陣頭指揮を執る。そして必ず攻略してやるから、お前達は黙って俺に付いて来いぃぃぃぃぃ！」

「うぉぉぉぉぉっ！」

謝罪と辞任の集会でスタートした筈なのに、いつの間にか決起集会へと変わっていた。

スクワードは勝ち誇った顔で俺に話しかけてきた。

「だから言っただろ？　あんな見た目だが、アイツには人望があるんだよ。オールグランドに入って来る冒険者の多くはカインに憧れている。辞めたいと言っても簡単には離してくれないだろうとは思っていたさ」

「まさか、あの筋肉ゴリラにあれ程人気があったとは俺も驚いた。ギルドのメンバー達はここを【見世物小屋】か何かと勘違いしているんじゃないだろうな？」

とにかく良かった。

これで全てが上手く収まる。俺はその時そう感じていた。

◇◇◇

その後、集会を終えた俺はカインから約束の【エリクサー】を受け取った。

「ほらよ。これがエリクサーだ」

ギルドの隠し金庫から出され、放り投げられたエリクサーを俺は焦りながら空中でキャッチする。

「馬鹿野郎！　取り損なって落としたらどうするんだよ！　もし瓶が割れたらシャレじゃすまないんだぞ」

「ガハハハ。お前が壇上の俺を見て笑ってたのは知ってるんだぞ。今のはそのお返しだ馬鹿野郎！」

カインは軽快に笑う。その笑顔には悪意の欠片も見当たらない。

「エリクサーは確かに受け取った」

半透明で高級装飾を施された小瓶に入ったエリクサーは、金色に光り輝いている。

エリクサーを眺めている俺に向かって、カインが真剣な顔つきで話しかけてきた。

「さっきの話は聞いたよな？　俺は本気でSS級ダンジョンの攻略に挑むつもりだ。まぁ現役を引退して少し間が空いているから、最初はリハビリを兼ねて幾つかのダンジョンを攻略して身体を慣らした後になるがな」

「聞いたさ。お前ならSS級ダンジョンだって攻略できるだろう」

「いや、俺だけじゃ絶対に無理だ。その事を俺は前回SS級ダンジョンを攻略した時に確信している。だからラベル、その時はお前にも参加してもらうぞ」

突然の参加要請に俺は驚きを隠せずにいた。

「何を馬鹿な事を言っているんだ？　俺達は違うギルドなんだぞ？　俺が参加したら攻略した時にオールグランドの単独攻略って言えなくなるんだぞ？」

「そんな称号はいらねぇんだよ。SS級ダンジョンが生易しくない事は、お前が一番分かっている筈だろ？」

確かにカインが言う通り、SS級ダンジョンを攻略するには最善を尽くしていかなければ駄目だろう。

「まぁ、考えておく」

「それでだ。ラベル、お前の仲間もその時までに実力をつけていたら、一緒に参加して貰いたいと考えている。その判断はラベル、お前に任せる。一緒にＳＳ級ダンジョンをぶっ潰そうぜ」

カインの言葉には人を惹きつける力があった。

その言葉に魅了され、ギルドメンバー達もカインに付いて行っているのだろう。

「その時が来たら考えるさ。俺達はまだＣ級ダンジョンしか攻略していないからな、ＳＳ級ダンジョンに挑む権利すら与えられていない」

Ｓ級以上のダンジョンに潜るためにはＡ級冒険者になっている必要がある。

「なら１日でも早くＡ級ダンジョンを攻略しろ。お前には出来る筈だ」

「うるさい、クソゴリラ。俺を買いかぶりすぎだ」

「とにかくギルドの運営を軌道に戻した後に資金の調達をやって、更に俺のリハビリを考えると最低でも１年か２年位は先になるだろうな。それまでにお前達はＡ級ダンジョン攻略を目指せ！」

「まぁ、頑張ってみるさ。だけど約束は出来ないからな！　背伸びをしてダンジョンで死んでいった冒険者を俺は数多く見てきたからな」

その後、俺は別室で待つリオンやダン、そしてリンドバーグを引き連れギルドホームに戻る。

ギルドホームに戻った俺はリンドバーグに席を外して貰い、リオンとダンにエリクサーの隠し場所を教えた。

「私達に教えていいの？」

「当然だろ？　お前達は俺が信頼している仲間だ。お前達もエリクサーの隠し場所を覚えていて欲しい。エリクサーの効果は聞いているだろう？　もし誰かを助けたいと本気で願う時があれば、気《き》兼《が》ねなくエリクサーを使っていいからな」

「でもエリクサーはお金には代えられない貴重なアイテムだって！」

「確かにそうだが、人の命もお金には代えられないだろ？　なら一緒だ」

「リオンねーちゃん、考えすぎだなぁ」

ダンが笑っていた。

「もぅ、ダンはいつも能天気《のうてんき》な事ばっかり言って！」

リオンも最初は拗《す》ねていたがすぐに笑いだす。

「さて、俺達もこれで一段落ついた。今日はリンドバーグが加入してくれた記念の日でもあるし、今から全員で飯でも食べに行こう。お前達もコミュニケーションを取って、リンドバーグの人となりを掴んでおいてくれ。俺が知る限りでは悪い奴じゃない」

「やった飯だ。俺、肉がいい」

「ダンったら。でもたまにはいいよね」

俺達は外で待つリンドバーグと合流し、飲食店が多く立ち並ぶ街道を目指した。

その同時刻、スクワードの元に【ハンスが逃げ出した】という緊急の連絡が入っていたのだが、ハンスが逃げ出した事実を俺が知っている筈もなく、ハンスとの別れ際に感じた悪寒が、こんなに早く現実になろうとは想像すら出来なかった。

第十五章　覚醒

リンドバーグを加えた食事会はとてもいい雰囲気で進んだ。

俺以外のメンバーがリンドバーグより年下だったのが良かったかもしれない。

美味しい肉料理に舌鼓を打ちながら、俺達の会話も弾んでいく。

経験上の話だが、途中からギルドに加入する者と当初のメンバーでは、無意識の内に壁を作ってしまいがちで、最初はギクシャクする事が多い。

しかしリオンとダンはまだ冒険者になってそれほど長くはないので、変なプライドを持ち合わせておらず、年上で自分達より経験の豊富なリンドバーグに色々教えて欲しいと自ら頼み込んでいた位だ。

リンドバーグも面倒見が良く、どんな質問にも嫌がらず真面目に答えていた。

2人の質問攻めが功を奏し、リンドバーグという人物像が少しずつ見えてきた。

「リンドバーグさんの階級を教えて貰ってもいいですか？」

「リンドバーグのにーちゃんって、結婚してる？」

「リンドバーグさんって武器は何を使っていますか？　あっ、それとポジションは何処ですか？

私は前衛をやっていて……」

「リンドバーグのにーちゃんって、家って何処？」

「ダン!!　アンタさっきから戦闘に関係ない事ばかり聞いているじゃない。私達はこれから一緒にダンジョンに潜るんだよ。連携に必要な事を聞きなさいよ。家を聞いてなんの役にたつのよ？　もしかして遊びに行く気？」

「だって、家近いとなんか嬉しいだろ？　ご近所なら遊びに行くのもありだ」

そのやり取りを見てリンドバーグが噴《ふ》き出し、その瞬間にリンドバーグの緊張が取り除かれたように見えた。

口下手な俺ではこの空気感は絶対に作りだせないから、リオンとダンには感謝している。

俺の予想通り、リンドバーグは真面目で心優しい男だった。

リンドバーグならリオンとダンを引っ張って行ってくれると俺は確信する。

食事を終えた俺達は、このまま現地解散する事になった。

明日からは4人でC級ダンジョンを潜る事になっている。

なので、今日はこれでお開きにして、旅の疲れを癒す事になった。

ちなみに俺は用事があったので一度ギルドホームに寄る予定だ。

リオンの自宅はギルドホームからそれ程離れていないので、途中まで俺が送って行く事になった。

街の中には等間隔で魔法石を利用した外灯が設置されているので、外灯の周囲は明るい。

外灯がある道を進む事で夜でも出歩く事が出来る。

「最近は色々と忙しかったよな。疲れてないか？」

「ううん。大丈夫」

「送ってくれなくても、私は大丈夫だよ」

「リオンが強いのはよく知っているから大丈夫だと思っているさ。俺はホームに用事があるからそのついでだ」

「ホームに戻ってお仕事？　ラベルさんも毎日ダンジョンに潜っているんだから、無茶はしないで欲しいな」

リオンは優しい子である。

ぬいぐるみのような愛くるしさもあり、俺は自然とリオンの頭に手を載せて撫でていた。

リオンは嫌がる事なく、俺の手を受け入れてくれた。

「どうやら俺の方が心配をかけているみたいだな」

「最近色々あったから。ラベルさんも疲れていると思って」

リオンと出会ってたった数ヵ月の間で本当に色々な事があった。

懐かしそうに思い出しながら歩いていると、気付かない内にギルドホームへ着いていた。

「別にリオンの家まで送って行ってもいいんだぞ？」

「うん。ここから近いからもう大丈夫。ラベルさんもお仕事終わらせて、早く休んでね」

「分かった。じゃあまた明日ダンジョンに潜ろう」

「うん。おやすみなさい」

俺はリオンを見送った後、ギルドホームに向かった。

◇◇◇

ギルドホームに着いた俺は扉のドアノブに手を掛けた。

「ん？　鍵が開いている!?　まさか泥棒《どろぼう》!?」

俺達がエリクサーを持っていると聞きつけた者がいたとすれば、どんな手を使っても手に入れたい筈だ。

そう考えた俺は泥棒が残っている可能性も考え、慎重に行動する事にした。

（エリクサーはすぐには見つからない場所に隠してるが……しらみ潰しに探されたらヤバいかもな）

俺は静かにドアノブから手を離し、まずは最初にドアに耳をそっと当てて室内の音を聞いてみる。

（音がしないな？　もう荒らされた後の可能性もあるな？）

このまま此処にいても仕方ないので、とにかく俺は室内に入ってみる事にした。

音を立てないようにゆっくりとドアを開き、まずは真っ暗な室内を見つめてみる。

（誰もいないか？　鍵をかけ忘れた可能性もあるしな）

足音を立てないよう、慎重に部屋に入ると光の魔法石を据えつけている場所に移動する。

そして心を落ち着かせて、光を灯した。

室内が明るくなり、視界は昼間と変わらない様子だ。

「部屋を荒らされた様子はないか……。なら、鍵をかけ忘れていたんだろう。今度からは気を付けないとな」

ホッと息を吐き、緊張していた心を落ち着かせた。

そして部屋の奥に一歩踏み出した。

「待っていたぜ、おっさん。朝まで待つつもりでいたが、意外と早く会えて嬉しいぜ」

一歩踏み込んだ先には、絶対にいる筈がないハンスが椅子に座って寛《くつろ》いでいたのだ。

「ハンスだと……どうしてお前がここにいるんだ？」

「おっさんのギルドホームの場所は、前に裏切り者のリンドバーグに調べさせていたからな」

「俺が聞いているのはそんな事じゃない。お前はスクワードの部下に連れて行かれて、今は契約魔法をかけられて、拘束されている筈じゃ……」

「あぁ、そっちの方か、いいぜ教えてやる。簡単な事だ。その契約魔法を掛けられる前に逃げ出したんだよ。」

そう言うとハンスはゆっくりと椅子から立ち上がった。

「俺はおっさんに言ったよな？　絶対に許さないって……なぁぁぁぁぁっ！」

ハンスはそう言った瞬間俺に飛び掛かって来た。

幸いなことにハンスは武器を持っていないので、一撃で斬り殺される事はない。

しかしS級冒険者のハンスと俺とでは基本の身体能力が違いすぎる。

いつもの俺なら背負っているリュックからアイテム取り出して、対応する所なのだが、今は食事の帰りでリュックはこの部屋の壁に吊っていた。

俺は必死に体を翻し、リュックを置いてある場所に向かって走り出す。

しかし簡単に追いつかれると衣服を捕まれた。

そして後方に引っ張られ、背中から固い床に叩きつけられる。

「ぐふぅ！」

肺の動きが一瞬だけ止まり、身体が硬直してしまう。

次にハンスの体重が乗った重い蹴りが腹に直撃する。

俺は腹を蹴られて吹っ飛ばされた。

飛ばされた壁には小物を置いている棚が設置してあり、衝撃で棚に載せていた物が床に散乱する。

「ゲボォッ！」

俺の方は蹴られた衝撃で胃の中の物が逆流し、さっき食べた料理を全て床にまき散らしていた。

「なんだよ。きたねぇな、おいっ！　俺が捕まっている間にお前は旨《うま》い飯を食っていたっていう訳か!?　ふざけんなよ、オラァァッ！」

逆上したハンスは俺の胸倉を掴み持ち上げると、力任せに投げ飛ばした。

俺は何度も回転し仰向けで止まる。

すぐに立ち上がろうとしたが、それより早くハンスが俺の上に飛び乗り、マウントポジションから殴りかかってきた。

「あははは。おっさん、殴り殺してやるよ！」

必死に両手で顔を守ったが、あらゆる角度から飛んで来る拳を全て防ぐ事は無理だった。

何度も何度も殴られ続けている内に、体の力が少しずつ抜けていく。

「なんだ、おっさん？　もう終わりじゃないだろうなぁぁぁ？　お前が俺から奪ったものはこんなもんじゃねぇぇぞぉぉぉ！　目を開けろよ？　簡単には終わらせねぇぇからな!!」

既に俺は自分の意思で自由に動けない位ボロボロになっていた。

ハンスもその事が分かったのだろう。

殴っていた手を止めマウントポジションも解除した。

俺は生き残るために必死に体を引きずりながら、ゆっくりと移動を始めた。

「なんだ？　おっさん、まだ逃げる元気があるのかよ？　いいねぇ〜。そう、こなくっちゃ」

しかし俺が向かう先は出入り口ではない。

その進行方向の先には俺がアイテムを詰めているリュックがある壁だ。

「アハハハハ、お得意の道具が欲しいのかよ？　おっさんはポーターの鑑《かがみ》だな。なぁ、おっさん。アンタを見ていると哀れすぎて涙が出て来るぜ。ほらリュックはもうすぐだぜ。手を伸ばせば届くんじゃねーか？」

必死に腕を伸ばす様子を見ていたハンスは、俺をからかいながら高笑いを始めた。

そして伸ばした手がリュックに掛かる瞬間、俺の手をハンスは力一杯踏みつけた。

俺の手の甲の骨が粉々に砕ける。

「がぁぁぁぁっ！！」

踏みつけた足に全体重を乗せているハンスは、笑みを浮かべていた。

まるで俺が苦しむ様子を堪能しているようだ。

その表情は正気を失っているとしか思えない位に歪んでいる。

「もう終わりか？　クソ面白くもねぇぇな」

ハンスは飽きたのか？　面白くなさそうに呟いた。

「ん!?　なんだ……これは？」

その時ハンスが何かに気付き手に取る。

「これは魔石……いや違う……これはダンジョンコアだな。この大きさはC級の物か……どうして部屋にダンジョンコアが転がっているんだ？」

さっき棚に叩きつけられた衝撃で、俺が保管していたダンジョンコアが床に落ちたみたいだった。

そのダンジョンコアはリオンと2人で攻略した時の物で、売ろうと思っていたがいろいろあってそのままになっていた。

しばらくダンジョンコアを見つめていたハンスが突然、口角を吊り上げ高らかに笑う。

「なぁぁ？　確か魔物から生まれる魔石って、人体には猛毒なんだってな？」

手に取ったダンジョンコアを見つめながらハンスは続けた。

「以前おっさんが雑談で言っていたよな？　魔石より何倍も高い魔力が含まれているダンジョンコアが人体に入ったら危険だから、加工後も誤飲できないように工夫されているんだっけ？」

狂気と化したハンスの顔が醜く歪んだ。

「じゃあ喰ってみたらどうなるのか？　俺に見せてくれよ。なぁぁぁおっさん!!」

そう言うとダンジョンコアを床に叩きつけ、粉々に粉砕した。

そして砕かれたダンジョンコアの欠片を手で握り取ると、俺の口に無理やり突っ込んだ。

「うぐぅぅぅぅ」

粉砕されたダンジョンコアは小石と同じで、口に入れられたとしても簡単には喉を通らない。

「ちっ！　流石にそのままじゃ飲み込めないか……何かないか？」

ハンスは周囲を見渡し、俺のリュックを漁りだした。

そして適当にポーションなどの液体のアイテムを幾つも取り出し、俺の口にポーションや毒消しなどをお構いなしに飲ませてくる。

大量の液体を流し込まれ、むせながらポーションと一緒にダンジョンコアの一部を飲み込んでしまった。

その後、すぐに身体中から強烈な痛みが駆け巡る。

「あがっぁぁぁぁぁぁぁ!!」

痛い！　痛い！　痛い！　身体が破壊されているような痛みが全身を襲う。

血管という血管が破裂寸前まで膨張しており、今にも破裂しそうだ。

強烈な痛みを誤魔化すため、無意識に胸に爪を立てながら何度も皮膚をかきむしった。

痛みと共に痙攣が始まりだし、自分で抑えられなくなる。

吐き気や激痛に襲われ、俺はその場で暴れ始めた。

気付けば視界は真っ赤に染まり、目から血が涙のように流れている。

「これだよ、これだぁぁぁ。俺はおっさんが苦しむ姿を見たかったんだよ！　ぎゃははは、ざまぁぁぁ見ろぉぉぉっ！　これで少しは俺の苦しみが理解できたかよ？」

ハンスは狂ったように笑い恍惚《こうこつ》の表情を浮かべた。

激痛に耐える事しか出来ない俺も今回ばかりは死を覚悟した。

俺にはもうどうする事も出来ない。

その時ドアから部屋に誰か入って来るのが見えた気がした。

しかし今の俺には周囲に気を向ける余裕は全くなく、身体を蝕む痛み耐え、ひたすら暴れ続ける事しか出来なかった。

◇◇◇

ラベルと別れたリオンは自宅に向かって歩いていた。

「ラベルさんは仕事ばかりして、明日はダンジョンに潜るっていうのに……自分の身体の事も考えて欲しいな」

リオンは明日のダンジョンアタックを思い描きながら、嬉しさから笑みを浮かべる。

新しくリンドバーグがギルドに加入したが、話してみるととてもいい人だとリオンは感じた。

このメンバーなら上手く連携も取れる筈だと。

しばらく歩いていると、闇の先から何者かが走って来る未来が見えた。

咄嗟に腰を落とし、いつでも対応できるように剣の柄を握る。

その数秒後に現れたのは男女の2人組で、リオンはその2人の事を知っていた。

「アリスさん。スクワードさん」

「リオンちゃん！」

声を掛けられたアリス達もリオンに気付き、駆け寄って来た。

「リオンちゃん、どうしてこんな所を1人で……いや、それよりラベルさんは今どこに!?」

アリスはかなり焦っていた。

「ラベルさんとは少し前まで一緒にいましたよ。今はギルドホームにいる筈です。アリスさんも、そんなに慌ててどうしたんですか？」

リオンはアリスの質問に対して簡潔に答えを返す。

「リオンちゃん、驚かずに聞いてね。ラベルさんが狙われているかもしれないの！」

「ラベルさんが狙われている!?」

「それは俺から説明する。とにかく今はラベルの元に急ごう」

3人はギルドホームに向かって走り始める。

今は時間がないとの事で、近道を知っているリオンが先導する事となった。

途中、スクワードが何故ラベルが狙われているのかを走りながら説明してくれた。

「ハンスの野郎は、到着した憲兵に連れて行かれて専用の施設で隔離されていた。そこで契約魔法を行使され縛られる手筈だったんだが、どうやったか分からねぇが、牢屋から逃げ出したんだよ。憲兵側も大慌てで、今はハンスに指名手配が出されている状況だ」

「ハンスって言えば、ラベルさんを追放した人？」

「そうだ、あいつはラベルに強い恨みを持っていたから早く知らせた方がいいと思ってな。しかし俺は、お前達のギルドホームが何処にあるのか知らないからよ。それで先にアリスに声を掛けて向かっていたという訳だ」

「私、なんだか怖くなってきた」

リオンが不安を口にする。

「リオンちゃん、ラベルさんは強いからきっと大丈夫」

「うん」

その後、10分程度で3人はギルドホームにたどり着いた。

ドアの前で立ち止まると、部屋の中からラベルの絶叫と誰かの笑い声が聴こえてくる。

誰もが最悪の事態を想像していた。

「遅かったか⁉　既にホームの中で何か起こっているぞ。こうなったらもはや猶予はない。俺達も今から部屋に突っ込むぞ！　リオンはラベルの救出を優先！　俺とアリスでハンスの身柄を押さえる。それでいいか？」

スクワードの指示に2人が頷くと、3人は同時に部屋に突っ込んで行った。

部屋の中には高笑いをするハンスと、その足元で全身から血を吹き出し苦しむラベルが見える。

ギルドホームの中にはハンスとラベル以外の姿は見当たらない。

「ハンス！　貴様、どうしてここにいる？　牢に入れられていた筈だろうがっ！」

スクワードが吠えた。

「チッ、いい所なのに……来るのが早いんだよ！　でも、まぁいい。俺は今、最高に気分がいいからな。特別に教えてやるよ」

ハンスはそう言いながら壁沿いをゆっくりと移動し始める。

「閉じ込められていた牢が突然暗闇になってよ。次に光が灯された時には、看守が眠らされたうえに牢の鍵も開いていただけだよ」

「なんだと……？　誰がやったんだ？」

「知らん。俺も怪しいとは思ったが。俺以外の囚人も牢にいたからな。そいつらの関係者じゃねーのか？　当然、俺以外の囚人も全員逃げ出したからな。俺1人が律義に残ったとしても罪が軽くなる訳じゃないだろ？　なら残っていようが逃げようが、未来は変わらず真っ暗なままだ。だから逃げ出したんだよ」

「お前……まさか黒い市場とつながっているのか？」

「黒い市場？　そんな奴等は知らねーよ」

ハンスは黒い市場の名前を聞いても反応は薄い。

「それじゃ、やはりお前は踊らされていたって訳か。上手い具合に転がされて死ぬまで利用されるなんて本当に不憫《ふびん》な奴だよお前は……」

スクワードは哀れみの瞳をハンスに向けた。

「何を意味の分からねぇ事を言ってんだよ？　まぁいい、おっさんにはダンジョンコアを喰わせてやった。これでもうおっさんは終わりだ。絶対に死ぬ！　俺だけ地獄は嫌だからな、先に行って待っていて貰うぜ」

ハンスは苦しむラベルに視線を向けて高らかに笑う。

「ひゃはははは。やっと俺にも運が回って来たぜ。ラベルのおっさんには会えるしよ。おっさんを助けに来たのが現役を引退したスクワードと小娘が2人、これなら余裕で逃げ出せるってもんだぜ」

ハンスが移動した壁にはリオンやダンの予備の剣が吊るされていた。

吊るされている中で一番長い剣の柄を握ると、ハンスはそのままスクワードに対し構えを取った。

「もう御託は十分だ。ハンス、貴様が誰と繋がっていようともう詮索《せんさく》する気も起きん。貴様に生きる価値などないぃぃぃぃ！」

スクワードの隣でずっと黙って話を聞いていたアリスが、体を震わせながら叫んだ。

アリスは怒りの表情をむき出しにしており、今ならカインの娘と言われても納得できるだろう。

アリスは自分の剣を抜き去ると、物凄い速さでハンスに向かって突っ込んで行く。

「なんだと小娘の癖に偉そうに!?　俺が誰だか分かっているのか？　俺はS級冒険者だぞ。お前が逆立ちしたって勝てやしえねぇんだよ。いいぜ、返り討ちにしてやる」

ハンスはアリスがS級冒険者のシャルマンだと気付いていなかった。

アリスが持つ剣からは既に光が発せられており、スキルが発動状態なのが見て分かる。

ハンスの方も迎撃のために、手に持つ剣を発光させスキルを発動させた。

「ハンスゥゥゥ、これで終わりだぁぁぁ！　喰らえぇぇぇシャイニングレイィィィ!!」

アリスは自分の剣が絶対に届かない距離で剣を突き出した。

するとアリスの剣に纏っていた光が、物凄い速さで発射され一直線にハンスへと向かって行く。

「くそがぁぁぁ」

ハンスも必死に体を捻り、回避を試みたが避けきれずに光が横腹を通過する。

ハンスを貫いた光は、そのまま壁も貫通し石造りの壁には円形の穴が開いていた。

光が自分の身体を通過した後、腹部から強烈な痛みを感じてハンスは動きを止める。

そして自分の腹部を見て目を見開く。

「ぐあぁぁぁ!?　俺の腹に穴がぁぁぁ」

腹部には、光と同じ幅の穴がぽっかりと開いていた。

その穴からは大量の血が流れ落ち、強烈な痛みがハンスを襲う。

「ぐふぅっ！」

次の瞬間、ハンスは吐血し、片膝をついた。

「すぐには殺さん！　そのまま死を迎えるまで苦しむがいい。法の裁きだけではお前が重ねてきた罪を償う事など出来ん！　これまでやった悪行、死をもって償え!!」

「ぐぞぉぉぉ。こんな所で死にたくねぇぇ」

傷口を手で押さえても、流れる血は止まらない。

治療もせずこのまま血を失えば、失血ですぐに意識も失うだろう。

しかしハンスは驚異的な精神力で、薄れゆく意識を繋ぎとめた。

「くそがぁぁぁ」

ハンスは自分の周囲に散らばっていたアイテムの中からポーションだけを拾い集めると、傷口にふりかけた。

「ぜぇ……ぜぇ……俺はまだ死ぬ訳にいかねぇんだよ」

そしてアリスに対しては、持っている剣を投げつけた。

アリスは冷静に、回転しながら向かって来る剣を自分の剣で払いのける。

その隙にハンスは窓ガラスを突き破り、室外に逃亡を図っていた。

「あの傷を受けて、まだ動けるなんて!?」

アリスはハンスの生への執念に驚きを覚えた。

すぐに後を追い、窓ガラスから外を見たが、外が暗くてハンスの姿は見つからない。

しかしハンスは大怪我を負っている。

ポーションを持って逃げたようだが、あの大怪我が普通のポーションで完全回復するとは思えない。

逃げ出したのはいいが、逃亡中にそのまま死亡している可能性もあるし、もし動けたとしても、瀕死の状態なのは間違いないだろう。

「おじ様、ごめんなさい。私の判断ミスで逃がしてしまった。すぐに追いかけるから」

「いや、ハンスの事は憲兵に任せる。それより今すぐ応急処置をしないとラベルがヤバいぞ！」

アリスはハンスを取り逃がした失態に悔しがっていたが、スクワードの意見を聞き入れ、剣を鞘に納めるとすぐにラベルの元に駆け寄る。

悶え苦しむラベルの元でリオンが必死に声をかけ続けていた。

「ラベルさん、ラベルさん。しっかりして！」

リオンは涙を流し、床で苦しむラベルに抱きついている。

スクワードは状況を冷静に判断し、適切な指示を2人に出す。

「すぐにギルドホームまでラベルを運ぶぞ。最初の応急処置としてありったけのポーションを飲ませよう。リオン、ポーションは何処にある？」

「ポーションならラベルさんのリュックの中か、棚に予備を置いている筈です」

スクワードがラベルのリュックを漁っていると、ラベルの痙攣が激しさを増し始める。

痙攣に合わせて、ラベルの全身の肌がどす黒い色へと変色していく。

「おじ様、ラベルさんの様子が!?　身体が黒く？」

アリスが叫んだ。

「なんだって!?　くそ、待っていろすぐにありったけのポーションを飲ませる」

スクワードは短時間でかき集めた数本のポーションを、暴れるラベルの口に無理やり流し込んだ。

飲ませた量の半分位は吐き出したが、なんとか半分は身体に流し込む事に成功する。

そして様子を見てみたが、効果は全くなかった。

その間もラベルの肌の色が、どんどんと真っ黒へと変色していく。

ラベルの身体が黒くなるにつれて、皮膚も固く変質していた。

「くそったれ！　このままではラベルは助からんぞ。処置をするにしたって、あまりに時間がなさ過ぎるぞ」

「おじ様、諦めたら駄目!!　絶対に手はある筈だわ。だってラベルさんはまだ生きているんだよ。今も必死に生きようと戦っているのに、私達が諦めたら終わりじゃない!!」

諦めかけたスクワードに向かってアリスが叫んだ。

「ラベルさんは生きている……」

リオンの頭の中でアリスの言葉が響き渡り、リオンはハッと壁の一角を見つめた。

その場所はエリクサーが隠されている場所だ。

命あるものを完全に治す神の薬の存在を、リオンはアリスの一言で思い出したのである。

「ラベルさんはまだ生きてる。そうよ！　エリクサー！　エリクサーは生きてさえいればどんな瀕死の状態も治すってラベルさんが言っていた。エリクサーならラベルさんを助ける事が出来る!!」

リオンは立ち上がると壁に仕掛けられた細工を作動させ、隠し扉を開く。

そして隠されていた金庫の中から、エリクサーを躊躇する事なく取り出した。

「今からラベルさんにエリクサーを飲ませます。2人共、暴れないように取り押さえてください」

「エリクサーだと!?　そうかここにはエリクサーがあったのか！　確かにエリクサーならラベルを救えるかもしれんぞ」

スクワードもエリクサーに希望を見出し、歓喜の声を上げた。

「私も手伝うから！　スクワードのおじ様も早く！」

「おう、任せろ！」

スクワードは暴れるラベルの上から取り押さえる。

アリスはラベルの顔をしっかりと固定した。

痙攣が治まらず、今も暴れていたラベルもS級冒険者2人によって、その動きを強制的に止められている。

「ラベルさん、これを飲んでっ！」

そしてリオンはラベルの口にエリクサーをゆっくりと、全て流し込んだ。

黄金の液体が口から喉を通り、身体の中に入って行く。

ラベルはエリクサーを吐き出す事はなかった。

しばらくすると、ラベルの身体に激しい痙攣が起こり始める。

「おい!?　エリクサーを飲んだのに、さっきより痙攣が酷くなっているじゃねーか？」

スクワードが暴れるラベルに吹き飛ばされる。

しかしラベルの様子はさっきまでとは全然違っていた。

どす黒く変色していた肌の色は、黒くなったり元の色に戻ったりと交互に変色を繰り返している。

「肌の色が変わっている……きっとラベルさんはエリクサーの力を借りて戦っているんだわ」

アリスがそう分析する。

アリスの予想は正解で、ラベルの体内ではダンジョンコアの魔力によって破壊された細胞が、エリクサーの治癒の力によって強制的に再生される現象が起こっていた。

そしてエリクサーの効果がラベルの身体に異変をもたらし始める。

細胞が再生される度に強く作り変えられているのだ。

「なるほど、破壊と再生を交互に行っているって訳か？　そう言えば少しずつ落ち着いてきた感じだな」

再び身体を押さえていたスクワードは、ラベルの痙攣が少しずつ治まって来た事を自身の体で感じとり、拘束を解く。

「エリクサーが効いてきているの？　本当だ！　ラベルさんの顔色も良くなってきた」

リオンもラベルの状態が落ち着きつつある事を知り、大きく息を吐いた。

「流石はエリクサーだ。この様子ならラベルはもう大丈夫だろう。しかし何が起こるか分からない。一応、オールグランドの治療室に運んでおこう。その間、俺は応援の者を呼んでハンスの行方を探させる。この散らかった部屋も綺麗にさせておくよ」

「逃げた人、どうなったの？」

リオンがスクワードに尋ねた。

「あの重症なら、そのまま死んでいてもおかしくはない。もし生きていたとしても、ハンスは凶悪な逃亡者として指名手配中だからな。明るい場所では周囲の目があって動けない筈だ」

スクワードもハンスが飛び出した窓から外を見つめた。

その後、ラベルはオールグランドの治療室に運ばれて、ベッドに寝かされた。

治療にあたった治療師からはもう大丈夫だと保証を貰っていたのだが、リオン達は心配だからという理由で、ラベルが目覚めるのを待つ事にする。

しかし誰も、目の前で眠るラベルが今、劇的な変貌を遂げようとしている最中だとは気付いていない。

ベッドの上で穏やかに寝息をたてているラベルの身体は、ダンジョンコアに含まれている魔力に対抗するため、強く強靭に作り変えられ続けていた。

その後、ラベルが目覚めた時、劇的な身体の変化にラベル自身が一番戸惑う事となる。

◇◇◇

太ももの上に重みを感じる。

重かった瞼が軽くなると共に意識も覚醒していき、俺は自然に目を開く。

視界に映った景色は見慣れぬ室内で、俺達のギルドホームではなかった。

俺が覚えている最後の記憶は、ハンスにダンジョンコアを飲まされた直後までだ。

「俺は確かダンジョンコアを飲まされて……」

ベッドで寝かされていたので、誰かが助けてくれたのは間違いないだろう。

あれだけやられたにも関わらず、不思議と身体に痛みはなく手足も自由に動いた。

俺はベッドの上で上半身だけを起こす。

起きて気付いたのだが、太ももの重みはリオンがうつぶせになって眠っていたせいだった。

「あぁ、ハンスに無理やりダンジョンコアを飲まされた時、ギルドホームに誰かが飛び込んで来たと思ったんだが、やっぱりリオン達だったんだな。そうか俺はリオンに助けられたって訳か？」

推測をたて、スヤスヤと眠る銀髪の少女にお礼を告げた。

今、この部屋にはリオンしかいないみたいだ。

「リオンちゃん、私もご飯を食べてきたから交代しよう。リオンちゃんもご飯を食べて少し休まないと、身体が持たないよ。みんなもいるからさ……」

扉が開き話しかけながらアリスが入って来た。

「よう、アリス。お前にも迷惑をかけたみたいだな」

俺が声を掛けて驚いたのか？　アリスは両手で口を隠し、大きな口を開けたまま驚いていた。

そしてポロポロと涙を流す。

「ラベルさん!?」

叫びながら俺の傍に駆け寄って来る。

そのまま抱きつきそうになったが、急ブレーキをかけて直前で止まると、恐る恐る俺の身体に触ってきた。

「本当にラベルさんだぁぁぁ。良かったぁぁぁ」

アリスは声を出して泣き始める。

その声でリオンも目を覚ました。

「んんぅ？　えっ、嘘っラッ、ラベルさん!?」

「リオンも迷惑をかけたな。お前達が助けてくれたんだろ？」

「ラベルさん、身体は大丈夫？　どこかおかしな所とかない？」

リオンにそう言われたので、上半身を動かし腕のストレッチを始めてみる。

「身体がおかしいというか……逆に絶好調だな。身体も軽くて前より調子がいいかもしれないぞ」

「ひっく、ひっく、良かったよぉぉぉ」

リオンも泣きだしていた。

「私……ラベルさんが死んじゃうと思って。うぇぇぇん」

リオンとアリスは手を取り合って喜んでいる。

「そうだ。私みんなを呼んで来るね！　別の部屋にダン君達もいるの。それにスクワードのおじ様も心配していたし、みんなもラベルさんの元気になった姿を見たい筈だから！」

アリスはそう言うと部屋から飛び出して行く。

その後、10分程度で見慣れたメンバーが集まって来た。

リオン、ダン、リンドバーグ、スクワード、アリスだ。

所用でカインは出ているらしく、後で顔を出してくれると聞いた。

全員が喜んでおり、俺の方も迷惑をかけた事をもう一度謝罪する。

その後、俺はスクワードから今回の経緯を聞かされた。

どうやら俺が襲われて3日が経過しているらしく、俺はその間ずっと眠り続けていたみたいだ。

俺を襲ったハンスは逃亡し、今も行方が分からないとの事だった。

あの日から、憲兵やオールグランドのギルドメンバーが血眼になって捜索をしているが、未だ見つかっていない。これだけ探して見つからないという事は、既に街から逃亡している可能性もある。

「魔力残滓を読み取る事が出来るログターノの奴がいれば、簡単にハンスの後を追えるんだが

「……」

スクワードが悔しがっていた。

「おじ様、ごめんなさい。ログターノは今、別の任務で首都から離れているのよ。私も帰って来るように指示を出しているけど、2週間は掛かると思うわ」

ログターノの上司であるアリスがログターノの現状を話し出した。

「2週間か!?　くそったれ!!　それだけ経過してしまったら、大気中の魔力残滓も消えてしまっているぞ」

スクワードもかなり苛立っている。

「お前のせいじゃないだろ？　スクワード、お前に落ち度はない」

話を聞いていたが、スクワードにフォローを入れる。

「今後は捜索の範囲を広げるつもりだ。ハンスは絶対に俺達の手で捕まえる」

その後、今日まで集めた情報から見えてきた全貌を話してくれた。

「じゃあ、連行された筈のハンスが俺の前に現れたのは、黒い市場の手引きだっていうのか？」

ハンスが逃げ出した経緯を聞かされ、俺は驚いていた。

「俺はその可能性が高いと思っている。ハンスを解放する事で、あいつ等にどんなメリットがあるのか？　俺には分からねぇけどな」

「ハンスを仲間に引き入れたかったんじゃないのか？」

「いや、違うな。もしハンスという人材が欲しいなら、看守を眠らせた後にそのままアジトに連れて行けばいい事だろ？　それをやらなかったのは、仲間にしたかった訳じゃないって事だ」

「牢屋に入っていた囚人は、ハンス以外にも何人かいたんだろ？　その囚人達の仲間が、その事件を起こしたって線は？」

「その日に牢屋に入れられていた囚人は、どいつも小者ばかりだった。憲兵所を襲うリスクを冒すほどの奴はいなかった」

「もしもハンスに俺を襲わせるのが目的だったと仮定するなら……俺とハンスの間柄を詳しく知っている奴が関わっているかもな。ハンスが逃げ出した後、復讐のために俺の所まで来ると予想が出来る人物……」

そう言いながら俺が思い描いたのは1人の女性。

スクワードも同じ人物を思い描いたようだった。

「でもよ、あの女はあの時死んだだろ？」

「俺もその場にいた。確かに死んだ筈だ。だが爆発の影響で死体はボロボロ、顔は判別できなかった……」

当時の状況を思い出しながら説明をしてみる。

「レミリアの事も気になるが、今は手の打ちようがない。それにもっとも警戒するべきは、逃げたハンスの事だ。重症を負っている分、生きているなら無茶をする可能性が高い」

「重症って、どの程度の怪我なんだ？」

「ハンスの腹部には穴が開いている。逃げる前に幾つかのポーションを持って逃げたが、ポーションごときで治る怪我じゃない」

「腹部に穴か……治したければ治療士に治して貰うのが一番確実だが、指名手配のハンスには難しいだろうな。薬で治すなら、最低でも高級ポーションが何本も必要になるだろうし、時間も掛かる筈だ」

「とにかく!!　お前が生きている事をハンスが知れば、また襲って来るかもしれない。だからお前の方も気を付けてくれ。俺達は憲兵と連携を取りながら、これからも警戒を続ける」

「そうだな。俺の方も気を付けるよ」

スクワードはそれだけ話した後、捜索の陣頭指揮を執るため、部屋から出て行った。

その後、俺はリオンやダン、駆け付けてくれた人たちと話していく。

全員が本気で心配してくれていて、申し訳ない気持ちと嬉しい気持ちが入り乱れていた。

俺の身体は全快しているので、家に帰らせてくれと告げた。

しかし今日だけはベッドで大人しくして欲しいと、全員からきつく言われてしまう。

明日、もう一度治療師に見て貰って大丈夫なら帰れるらしい。

助けてくれた恩もあるので、俺は素直にその日は治療室で泊まる事にした。

夜になると全員が家に帰り、部屋に誰もいなくなる。

ジッとしているのも性に合わないので、俺はベッドから飛び降り身体の状態を確かめる事にした。

「最初は準備運動からだ」

その場で屈伸や腕立てなどの軽い運動を行い、身体の調子を確認してみる。

「やっぱりそうだ。今までダンジョンに潜ってきて、昔に痛めてきた関節の古傷も治っている。俺を治療するためにエリクサーを使ったって聞いたけど、昔の傷まで治してしまうのか。俺の身体が若返ったようだな」

関節以外にも、一生消えないと言われていた裂傷の痕も綺麗に消えている。

「全ての傷がなかった事になっている……じゃあ今の俺は最高の状態という訳だな」

次はドアを開き、ドア枠部分に指をかけて指だけの懸垂を行った。

「1、2、……47、48、49、50っと！」

きりのいい所でわざと止めたが、やろうと思えば100回は軽く出来ていたかもしれない。

「なんとなく感じていたが、やはり力も増している？　どうしてだ？　エリクサーは傷や怪我を治すための薬じゃ？」

見た目は変わっていないが筋肉量は完全に変わっていた。

理由を考えてみる。

そう言えば、みんなと話していた時に気になる事を言っていた。

「確か……俺の身体がダンジョンコアの魔力で破壊され黒くなっていて、命の危険を感じてエリクサーを飲ませた。その後、落ち着くまでの間に何度も破壊と再生を繰り返した。だったかな？」

腕を組んで考えてみた。

「まさか身体が何度も破壊された影響で、何か変化をもたらしたって感じか？」

そんな事を色々と考えていると、壁に貼り付けられている紙に視線が向く。

「この距離で字も読めるとは……視力まで良くなっているじゃねーかよ」

そして笑いだした。

「あははは。エリクサーの万能性を自らの身体で確認するとは、想像もしていなかったな。俺はリオンやダンのために使えればいいと思っていたが、まさか自分が使う羽目になるとは……」

今後はもっとしっかりしないと、マスターとしてリオン達に示しがつかない。

「だけどエリクサーのおかげで俺は生き返る事が出来たんだ。今後は、この新しい身体と助かった命を大切に使わせて貰おう」

新たな決意を胸に、俺は備え付けの椅子に腰を下ろした。

「身体は万全だという事は分かった。後は一応スキルの確認もしておくか、増えてる訳がないとは思うが……」

俺は意識を頭に向けて、自分の中にあるスキルを見直してみた。

スキルは自分の意識に問いかけると内容を知る事が出来る。

発動条件や発動のスイッチ、スキルにどんな効果があるのか？

それらが自然と理解できるのだ。

そして俺の意識の中には【仲間の強化《リンゲージ》】というスキルが浮かび上がって来た。

これは以前から覚えていたスキルで、パーティーメンバーの基本能力を１．２倍に向上させる効果がある。

「おい……嘘だろ!?」

俺は驚嘆の声を上げていた。

その理由は待望の新しいスキルが浮かび上がって来たからだ。

「【魔石喰らい《マテリアルイーター》】？？　これが俺の新しいスキル……」

気持ちが昂《たか》ぶり過ぎて、冷静に考える事が出来ない。

必死に頑張って来た今までの苦労を思い出し、涙が止まらなくなる。

しばらく泣き続けた後、俺はもう一度スキルに意識を向けた。

新しく手に入れたスキルの名前は【魔石喰らい】、まさに俺に相応しいなと、笑いが込み上げて来る。

しかし、まだ外れスキルという可能性もあるので、過度な期待は出来ない。

俺は意識を【魔石喰らい】に向けて、スキルの効果を調べる。

すると頭にはスキルの情報が流れだした。

「なるほど、魔石を食べるとその魔物の力を一時的に得る事が出来るスキルって訳か。魔力と体力が続く限りは効果が持続する……もしこの力が使えれば、俺も前線で戦えるかもしれない」

俺は子供のように跳び上がると、力強くガッツポーズを取っていた。

身体の状態は万全のうえ、実は魔力量もかなり増えている。

腹の奥から魔力が溢れているのをずっと感じていた。

「魔力量が驚くほど増えているのもダンジョンコアを喰った影響か？」

ダンジョンコアを食べた事によって俺の身体は以前とは全く違っている。

このままダンジョンに飛び込みたい衝動に駆られたが、みんなの言う事に従って、ゆっくりと休む事にした。

◇◇◇

翌朝、一番乗りで部屋に入って来たのはリオンだった。

「ラベルさん、おはよう。ゆっくり休めた？」

「リオン、おはよう。昨日も言ったけど身体の方は全然大丈夫なんだからな。何を言われても今日こそはギルドホームに帰るぞ！」

「元気なら良かった。みんなももうすぐ来ると思うよ」

「そうか、じゃあ今の内に俺も着替えておくか」

着替えは事前に用意されていた。

俺が着替えを済ませ、身仕度を整えた後、タイミングよくアリスが部屋に入って来た。

その後、間を置かずにダンとリンドバーグが一緒に入って来る。

いつの間にかダンとリンドバーグは仲良くなっていた。

「後はスクワードだけか？」

「スクワードのおじ様なら治療師を連れて来るって、昨日は言ってたけど」

「そう言えばそんな事を言っていたな」

「みんなラベルさんの事が心配なんだから、助けて貰った以上は素直に従った方がいいよ」

「今回は迷惑をかけてしまった手前、それを言われると反論できないな」

みんな俺の回復を喜んでおり、俺も良い仲間に巡り会えた事を喜んだ。

丁度良い機会だと考え、俺は新しいスキルが手に入った事を告げる事にした。

スキルの検証をするにしても、もう一度魔石を食べなければいけない。

ポーションなどの回復薬は事前に用意しておくが、再び倒れる可能性もあるだろう。

１人で検証するには危険すぎる。

なので【魔石喰らい】の検証はギルドメンバー達と一緒に行うつもりだ。

「実はみんなに報告があるんだ」

「報告？　何か体調に変化でも……」

アリスやリオンの顔色が一気に曇っていく。

「そうじゃない。実は遂に新しいスキルを手に入れたみたいなんだ……」

「本当!?　ラベルさん凄い！」

「嘘だろ!?　ラベルさんすげーじゃん。ねぇどんなスキル？」

「マスター、おめでとうございます」

リオンもダンもリンドバーグもそれぞれに喜んでくれた。

「良かったよ。本当に良かったぁぁぁ。スクワードのおじ様やお父様から、ラベルさんが昔からずっと頑張っていたっていう話を聞いたから、私嬉しくって」

アリスも俺が昔からダンジョンに潜り続けてきた事情を知っているみたいで、涙を浮かべて喜んでくれた。

「スキルの検証はこれからだ。このスキルの力で、俺も戦闘に参加できるようになれればいいんだけどな」

みんなが喜んでくれて、俺も期待に胸が膨らんでいるのは確かだ。

「ラベルさんなら大丈夫だよ」

リオンが自信満々に即答したのだが、その自信は何処から来るのだろう？

「そうか？　頑張って使いこなさないとな」

「今でも強いラベルさんが、スキルを手に入れたらどうなるんだ？」

ダンが呟いた。

ダンよ、言っておくが俺はアイテムがなければそれ程強くはない。

ハンスにボロボロにされたばかりじゃないか!?　っと思ったが口には出せなかった。

「新しく手に入れたスキルがどんな効果があるか？　まだ分からないけど、この新しいスキルを上手く使いこなせるように努力はするつもりだ」

「ラベルさん、それで新しいスキルってどんなスキル？」

リオンは待ちきれないといった感じだ。

そうだった。肝心な事を伝えていなかった。

リンドバーグは最近ギルドに参加したばかりだが、人となりは分かっている。

今いるのは信頼できるメンバーだと思う。

どんな反応を示すか分からないが、彼等には正直に話そう。

「俺が手に入れたスキルは【魔石喰らい】っていう。魔石を食べるスキルだ」

「「……」」

全員が絶句していた。

「ん？　どうして黙っているんだ？」

俺は理由が理解できずに、絶句する仲間に向けて聞いてみる。

「ラベルさん、魔石を無理やり食べさせられて死にかけたのに、また食べる気なの？」

沈黙を破ってリオンが聞いてきた。

「だってそういうスキルみたいだからな。食べるしかないだろう。勿論、危険なのは分かっている。だから検証する時は傍にいて貰いたいんだ」

「あぁぁ私が甘かったわ。今、やっと分かった。お父様達からラベルさんが変態って呼ばれている訳が⁉　スキル獲得の事になったら突き進むしか出来ない人なんだ」

呆れたようにアリスが言い放ってきた。

「いやっでも。さっきも説明しただろ？　会得したスキルがそういうスキルだって」

「ラベルさん流石だぜ。死にかけたって言うのに同じ物を喰う根性は俺にはまだないな！」

ニシシと笑いながら、ダンがからかってくる。

「もぅ。私も心配になってきたから検証の時は絶対に呼んでよね！」

「悪かった。その時は声を掛けるよ」

最後にアリスに強く言われてしまい、つい了承してしまう。

こんな所は母親そっくりだと思った。

「マスター、そんなスキルは聞いた事がありません。もし公になれば妬む者もいるかもしれない。この事を知らせるのはマスターが信用する人にとどめた方がいいでしょう」

「ありがとう、リンドバーグ。勿論そうするつもりだ」

その時、ドアが開きスクワードが治療師を連れて部屋に入って来た。

「何をやってんだお前ら？　その様子だと、体調はもう大丈夫そうだな」

俺の周りを全員が取り囲んでいる状況を見て、スクワードが呆れた様子で声を掛けてくる。

その後は治療師に身体の状態を確認して貰い、予想通り大丈夫だとお墨付きを貰う。

これでやっと俺も帰る事が出来る。

ギルドメンバー達と建物から出た俺達は自分達のギルドホームに向かう。

道中、俺はこれからの事を考えていた。

リンドバーグが参加した事で戦力が増えたし、俺も新しいスキルを手に入れる事が出来た。

リオンと2人で作ったオラトリオは順調に力を付けている。

最初はダンジョンに潜るために作ったギルドだが、スキルも手に入れ新しい目標はカインによって示された。

俺はオラトリオのメンバー達と共に、S級ダンジョン攻略まで一気に駆け上がるつもりだ。

◇◇◇

俺はメンバーと共にギルドホームで集まっていた。

今から俺のスキルの検証を行う予定だ。

10年以上も待ち焦がれていた瞬間が目の前に来ていると思うと、いてもたってもいられないのだが、その気持ちを必死に隠していた。

俺の前にはテーブルがあり、その上に三種類の色の違う魔石が数個ずつ並べられている。

これらの魔石はC級ダンジョンに現れる魔物の魔石で、比較的容易に手に入る物を集めていた。

一つはゴブリンの魔石。リオンと初めて攻略したダンジョンの魔物だ。

二つ目は繁殖期でリオンと共に戦ったブラックドッグの魔石。

三つ目はヤモリの魔物であるゲッコーの魔石。

今からこの三つ魔石を実際に使って新しいスキルの検証をするつもりだ。

俺の周りにはメンバー達が緊張した面持ちで見守ってくれていた。

俺も大きく深呼吸を行い、心を落ち着かせる。

「それじゃ魔石を喰うぞ。最初はゴブリンの魔石を喰ってみるか」

「ゴブリンを喰うって言い方、なんか気持ちわりぃ」

ゴブリンの容姿を思い出したダンが、苦虫を噛み潰したような表情で舌を出していた。

「ダン、これは遊びじゃないんだよ。もしかしたらラベルさんが、また倒れるかもしれないんだからね」

倒れる事を前提で言われている。

不吉だからやめて欲しい。

「わーってるって。でもリンドバーグの兄ちゃんもいるし、アリス姉ちゃんもいるから俺がする事は何もないじゃん！」

リオンはいくら言っても駄目だという感じで、大きくため息を吐いていた。

俺は気持ちを落ち着かせた後、小指の先程度の魔石を掴むと口の中に放り込んだ。

「流石にこれは慣れないとすぐには飲み込めないな」

何度か飲み込もうとチャレンジしてみたがどうにも上手く行かない。

実はこの事態も想定済みで、テーブルの上には水を用意していた。

コップに水を入れ、俺は水と一緒に魔石を飲み込んだ。

魔石を飲み込んだ事により、俺のスキルが発動したのを自分で理解できた。

胃に入った魔石が熱くなり始め、その熱が全身に染み渡って行く。熱で体が変化している感じだ。

「ぐぅぅぅ!!」

熱が体中を駆け巡ると同時に、俺の魔力が急速に消費されていく。

身体の魔力が全身に行き渡った後、身体の筋肉が膨張し皮膚は膨れ上がっていた。

両腕で自分の肩を抱え込み、じっと耐える俺の姿を見ていたリオンが声を掛けてくる。

「ラベルさん！」

それと同時に残りの仲間達も俺を助けようと近づいて来た。

「大丈夫だ!!　もう少し待っていてくれ」

片手を突き出して仲間の動きを俺は止めた。

少しの間待っていると今の状態にも慣れてくる。

今も魔力が消費されており、魔力量に見合った力が身体中に満ちあふれていた。

「よし成功だ。今俺はスキルを使用している。身体中に力が満ちあふれているみたいだ」

試しにリンドバーグに声を掛けて服を掴ませて貰うと、片手で宙に浮かせた。

「凄い力！　それじゃ本当に魔物の力が乗り移ったって事なの？」

アリスは目を大きく見開いていた。

「すげー」

「これは凄いですね」

ダンとリンドバーグも感心していた。

「一旦、スキルを解除してみるぞ」

俺がスキルをオフにしてみると魔力の消費は止まったが、逆に身体には疲労感が襲って来ていた。

「短い時間だったけど結構体力を使う感じだな」

膝が震えて片膝をついていた。

「ラベルさん！」

片膝をついた俺を心配してアリスが駆け寄って来る。

「大丈夫だ。使用後は身体に負担がかかるみたいだけど、動けない程じゃないし、慣れれば連続に使っても大丈夫だと思う」

「そうかもしれないけど、無茶をしたら駄目だからね」

「魔石はまだあるから次の魔石を試してみよう」

体調が回復した俺は、ブラックドックの魔石を手に取って口に放り込んだ
ゴブリンの魔石と同様に体の魔力が吸われて行く。

ブラックドッグの魔石とゴブリンの魔石は魔力の流れ方が違っていた。

足に魔力が集中している感じだ。

魔力が足に集まった後、身体が軽く感じた。

「ブラックドッグの魔石を喰うと脚力がアップするみたいだな」

一度外に出て人気のない路地を全力で走ってみる。

俺は50メートルをほんの2、3秒で走り抜ける事が出来た。

「嘘!?　私より速いなんて！」

アリスが驚嘆の声を上げた。

「脚力のアップは予想通りだけど、もう一つ強化されている部分があるみたいだ」

俺はそう告げるとダンを呼び寄せる。

「ダンお前、ポケットの中に干し肉を入れているだろ？」

「どうして分かったの？」

「なんか匂いがしてな。どうやら嗅覚も強化されているみたいだ」

「そのスキル面白いじゃん！　まるで本物の犬みたいだな」

「ダンの言う通りだ。このスキルは使いようによってはかなりの武器になりそうだ」

俺がそう言いながら仲間の所に近づいて行くと、アリスとリオンが離れて行く。

「おい？　どうしたんだ？」

「いやぁ－……ねぇ？」

アリスは困ったようにリオンに視線を向けた。

「ラベルさん、私達女の子なんだよ。匂いなんて嗅がれたくないよ」

全く気にしてなかった。

2人ともいい匂いだとは思ったが、変態だと思われても嫌なので言わないでおこう。

「あっ悪い。すぐに解除するから」

スキルを解除すると、やはり倦怠感《けんたいかん》に襲われる。

倦怠感はそれ程酷いものではないが、慣れない間は無理をしないでおこう。

そして俺は最後の魔石に手を伸ばした。

「これが最後の一つだな。この魔石は魔力の限界まで使ってみようと思う。魔力がなくなった場合どうなるかも知っておいた方がいいだろう」

そう言いながら俺はゲッコーの魔石を口に放り込む。

ゲッコーという魔物は、簡単にいえばヤモリの形をした魔物である。

こいつらはダンジョンの至る場所に潜み、いつも死角から攻撃を仕掛けて来る厄介な相手だ。

壁にも貼り付くし、天井に張り付く。

冒険者に気付かれないように近づいて、襲って来るから質《たち》が悪い。

ゲッコーの魔石を食べたが、俺にはこれといった変化は見られない。

しかし魔石を食べた俺だけは、その能力を理解する事が出来た。

俺は部屋の壁ぎわに移動すると、片足を壁に掛けそのまま重力を無視して壁を歩き出したのだ。

「すっげぇぇぇ！　ラベルさんが壁を天井に向かって歩いているぞ⁉」

ダンが羨ましそうな声を上げた。

壁を歩いて天井に到達すると、そのまま逆立ち状態で天井を歩き、反対の壁を伝って床に戻る。

俺自身もゲッコーのスキルに一番驚いた。

このスキルはかなり使えそうである。

ゲッコーのスキルを魔力が空になるまで使用し続けてみた。

結果、1時間を超えた位で俺の魔力は底をついてしまう。

魔力が空になった俺はその場に倒れ込んだ。

ギリギリ意識は途切れなかったが、身体の疲労も重なり、少しの間は動けなくなってしまう。

リンドバーグ達が駆け寄って、椅子に座らせてくれた。

その後は魔力と体力を回復させるために、用意していたポーションとマジックポーションを飲みほした。

「ありがとう。ポーションを飲んだおかげで大分楽になったよ。今回の検証でスキルの事は大体分かった。今日は此処までにして後数回違う魔石を試してみよう」

その後、俺は試していないC級の魔石や、ランクの高いB級ダンジョンに出現する魔物の魔石を手に入れ、更に検証を繰り返していった。

検証で分かった事は、魔石は小指の先程度の欠片が有ればスキルが発動するという事。

なので、ダンジョンコアを手に入れた場合でも、欠片さえ入手していればダンジョンコアを使用できるという事になる。

次に、Ｂ級ダンジョンに出現する魔物の魔石の方が、魔力消費量も体力の消耗も大きかったという事だ。

Ｂ級の魔石で、連続使用時間は30分といったところだった。

練習や慣れで連続使用時間は延びると思われるが、Ａ級やＳ級の魔石、更に各階級のダンジョンコアが手に入ったとしても、使用時間は極端に短くなる可能性が高かった。

その後も検証を重ねスキルをある程度把握した俺は、いよいよダンジョンに潜る決意を固めた。

第十六章　因縁

俺はギルドホームで1人、リュックにアイテムを詰めながらダンジョンアタックの準備をしていた。

新しいスキルを手に入れて、攻撃にも参加できる力を数十年越しでやっと手に入れたのだ。

しかし俺は今まで通り、【荷物持ち《ポーター》】として仲間のサポートをメインに行うつもりである。

その理由は、B級以上のダンジョンを攻略する場合はポーターが必要だからだ。

B級ダンジョンから、魔物のレベルとダンジョンの難易度が格段跳ね上がる。

冒険者が魔物に集中して戦える環境を整えるためにも、ポーターの存在は必須だ。

俺はポーターを続けるが、今までのように魔物から逃げ回ったりはしない。

次からはサポートをしつつ、自分でも魔物と戦ってければと思っている。

「ポーションはこの位でいいか？」

俺は鼻歌交じりで準備を進めていた。

準備作業中、空いた片手でテーブルの上に置いていたブラックドックの魔石を手に取ると、そのまま口に放り込みスキルを発動させる。

俺が何をしているか説明すると、スキルに慣れるために空いている時間に使っていただけだ。

スキルを使えば使う程、俺の身体は少しずつスキルに順応していた。

初めてスキルを使った時に感じていた疲労感も少なくなり、今ではスキルを解除した後でも息切れはしなくなっている。

そして慣れるために食べまくっている魔石は【ブラックドック】の魔石だった。

これにもちゃんと訳があり、繁殖期の時に大量に手に入れていたのが残っていたのだ。

前回の繁殖期、俺とリオンは数えきれない程の【ブラックドック】を倒している。

その時手に入れた魔石は、小分けにして冒険者組合に持って行こうとストックしていた。

無断で食べたら横領になるので、仲間にもちゃんと許可は取っている。

「今はB級ダンジョンが攻略されてなくなっているんだよな〜。さて、どうするか……」

独り言を口にしながら、俺は今後の予定を立てた。

今、【オラトリオ】が選べる選択肢は二つある。

一つ目の選択肢として、今まで通りC級ダンジョンに潜り続け、次のB級ダンジョンが出現するのを待つという選択肢。

この選択肢が無難であり、リンドバーグはギルドに加入したばかりで、まだお互いに分かり合えていない。

連携を強化していくのなら、一番難易度の低いC級ダンジョンの方が都合はいいだろう。

逆にデメリットを挙げるとすれば、既にリオンとダンはC級以上の実力を持っているうえ、B級冒険者のリンドバーグまで加われば、C級ダンジョンを攻略してもハッキリ言って過剰戦力である。

確かにC級ダンジョンでも連携の訓練にはなるが、実際は連携しなくても余裕で魔物を倒せるので、緊張感が薄れる可能性が高いという事だろう。

次に二つ目の選択肢として、冒険者組合の職員から現在B級ダンジョンが出現している場所の情報を手に入れ、その場所に遠征に向かう事も出来る。

ダンジョンは人が住む場所の近くに出現する。

人の多さによって出現するダンジョンも変わり、人口が少ない場所でS級ダンジョンが出現したりはしない。

ただダンジョンは生き物と呼ばれており、稀にイレギュラーが起こったりする。

そう言った場合は、歴史に残る程の大きな被害を巻き起こしたりしている。

俺達がどうしてもB級ダンジョンにアタックをかけたいのなら、ギルドホームがある首都から移動すれいいという訳だ。

先日、俺達が黒い市場と激戦を繰り広げた商業都市サイフォンも、多くの人が住んでいる。

なのでサイフォンの街にも冒険者組合の支部があり、街の近くではB級ダンジョンも出現したりしていた。

そして二つ目のデメリットは、家に長期間帰れなくなるという事だ。

黒い市場の事件で半月以上もの間、家族と会えなかったにも関わらず、また間を空けずに1ヵ月以上も家族と会えなくなるという事は、まだ若い2人にとってあまりにも酷だと思えた。

そんな寂しい日々が続けば、リオンやダンの心に大きな負担となるかもしれない。

「二つ目の案はなしだな！　これ以上あの二人に負担はかけられない。俺達はB級ダンジョンが出現するまではC級ダンジョンをメインに攻略して行こう」

俺は二つの選択肢を順にシミュレーションしながら、首都から離れるという選択肢を切り捨てる。

その結果、残されたのは出現しているC級ダンジョンにアタックを仕掛けながら、B級ダンジョンが現れるのを待つという選択肢だった。

ギルドホームでアイテムの整理をしようとした時、俺は壁に掛けていた剣から予備の武器の手入れを始める。

自分が使うナイフを研いだ後、予備の武器の手入れを始める。

ハンスの臭いが鼻に届く。

今はスキルに慣れるために、時間が空いていればブラックドックのスキルを発動させている。

スキルの効果によって、ハンスが残した微かな臭いにも気付く事が出来たという訳だ。

「そう言えば、ハンスがこの剣を使っていたってリオンが言っていたな。ハンスはあの日からずっと見つかっていないし、今はどうしているのか？」

俺は壁に掛けている剣を手に取り、ハンスの事を思い出していた。

「スクワードの話だと、アリスにやられて大怪我を負って今は逃げ回っているんだよな？」

ハンスが才能豊かな冒険者である事は俺自身が一番よく分かっている。

そのハンスを簡単に退けたアリスの強さ、カインとマリーさんの娘で間違いない。

ハンスの事は憲兵やオールグランドに任せれば、解決してくれるだろう。

◇◇◇

武器の整備を終えた俺は、足りないアイテムの補充をするために市場に来ていた。

今の姿は俺の正装と言った感じで、背中にリュックを背負い、腰にはナイフを装備している。

リュックは便利で、購入したアイテムを幾らでも運ぶことが出来る。

俺が市場を回っていると、商店の店長や行き交う顔見知りの商人達から声を掛けられる。

「やはり、この場所は落ち着くな」

俺は見慣れた市場の街並みを楽しみながら、目的の商品を求めて市場の中を進んで行った。

首都ストレッドの市場はドレール王国の中で一番大きい。

迷路のように入り組んだ地形と乱立された商店が目を引く。

全店舗を合わせると軽く千は超える市場は何処でも活気があり、人通りも多い。

俺は通いなれたこの大迷宮の全てを知っている。

目まぐるしく変化するアイテムの相場を把握し、良品を安い価格で売ってくれる店舗を探し出す事が楽しみの一つとなっていた。

俺の存在はこの市場でも有名らしく、俺が通う店は商人達から良店だと呼ばれるらしい。

俺は行きつけの店に向けて歩いていた。

「あれ？　今日は閉まっているのか？」

行きつけの店舗は閉まっていた。

この店はダンジョンで扱うアイテムの全般を取り扱っている店だ。

【臭玉】や【蜘蛛の糸】もここで買っているし、ポーションなどの薬も幅広く取り扱っている。

俺が調合した精力剤《くすり》を卸しているのもこの店だ。

俺が閉まっている店の前で立ち尽くしていると、隣の店の店員が話しかけて来た。

「その店は少し前からずっと閉まっているよ」

「そうなのか？　店長が怪我や病気をしたのか？」

「詳しい理由は分からないが、1週間位前から突然閉まったんだよ。数日前に店長が大きな荷物を持って店に入っているのを見たから、怪我や病気じゃない筈だ」

「大きな荷物……」

「何か必要なら、俺の店を見て行ってくれよ」

「あぁ、後で寄らせて貰う。教えて貰って悪かった」

「来店、待ってるぜ」

市場で店を構える商人達は幾つかの形態に分かれていた。

一つは屋台で商売をするもの。

屋台には車輪がついているので、移動する事が出来る。

駆け出しの商人達の殆どが屋台で商売をしていた。

次は店だけで、住まいは別というパターン。

これは敷地に大きさも影響しているのだが、あえて住まいは別にしている者もいる。

最後に住まいと店舗を併せている者、仕事はやりやすいが住居スペースを確保する分、店が大きくなりがちで、建物の建設費が高くつきやすい。

そして閉まっている店舗は、住居スペースが併用されているタイプの店だった。

店主との仲は良く、もしも何か問題があるのなら、俺も助けてあげたい。

それに今も家の中にいるのなら、顔くらい見て行こうかと俺は考えた。

そう決断した俺は、住居用入り口のドアをノックしてみる。

コン、コン、コン。

しかし反応はなかった。

「留守なのか？」

もう一度、今度はもっと大きな音が聞こえるようにドアを叩いた。

「店長!!　いないのか～？」

だが家の中からは物音一つしなかった。

「タイミングが悪く、出ている可能性もあるな」

そう考えを改め、移動する事にした。

「そうだ、あれが使えるじゃねーかよ」

俺は手を叩いて、妙案を思いつく。

そしてポケットからブラックドックの魔石を取り出すと、口に放り込みスキルを発動させた。

身体に魔力が行き渡り、ブラックドックの能力が体に宿る。

「臭いを嗅げば、家の中に店長がいるかどうか、分かるんじゃないか？」

安易な考えであるが、結構有効な手段だと感じた。

俺が周囲の臭いに意識を集中させてみると、人間の臭いが家の中から漂って来た。

人数は3人、1人は女性の甘い香りで残りの2人は男性っぽい臭いだ。

「おい……　まさか？」

俺は2人の男の臭いの片方を知っていた。

忘れたくても忘れられないその臭いは、ハンスの臭いだったのだ。

「まさかハンスが店舗の中に？」

確証はないが、臭いはハンスのもので間違いない。

「こういった店舗にはポーションなどの薬も取り扱っているから在庫はある。それに住居兼用の店なら食料にも困る事はない。店の薬を使って身体を治す時間位は居座る事が出来る」

俺はすぐにその場から離れて憲兵を呼ぼうと周囲を見渡したが、見える範囲に憲兵はいない。

「俺1人でS級冒険者のハンスを相手にするには危険過ぎる。市場の中には憲兵やオールグランドのギルドメンバーが巡回している筈だ。彼らに連絡を取って！」

俺はすぐに動き出そうと一歩踏み出したが、何か音が聞こえた気がして足を止めた。

スキル効果で五感全てが研ぎ澄まされており、店舗の中から女性のすすり泣く声が聞こえた。

（俺が冒険者を呼びに行っている間に、店主達に何か被害があったら……）

俺は現状を一目だけ確認して、今後の行動を判断する事にきめた。

まだ猶予がありそうなら、巡回中の憲兵に応援を呼びに行く。

絶体絶命の状況なら、素早く2人を救い出して全力で逃げる。

俺はリュックから幾つかの魔石を取り出すと、ポケットに詰め込んだ。

そして俺は一つの魔石を飲み込みスキルを発動させる。

発動させたのはゲッコーの魔石だ。

俺は素早く壁に足を掛けると、足音が聞こえないように慎重に2階の壁へ移動し、窓に手を掛けていく。

すると鍵がかかっていない窓を見つけた。

（よし、開いている窓があったぞ）

その窓から店舗の中に侵入した。

俺が入った部屋は2階の一室で客室のようだ。

3人の臭いは1階の方から流れて来ているので、2階には誰もいないだろう。

確かこの店は1階全てが店舗で、2階が居住スペースだと聞いた事がある。

俺は下には気付かれないよう、慎重に階段へと移動し1階の様子を窺った。

1階では武器を手にしたハンスと鎖に繋がれた女性がいた。

その女性は見た事があり、店主の奥さんで間違いない。

そして窓の隙間から店主が外を窺っていた。

「さっきのノックは常連の客だったようです。店が閉まっていたんで、そのまま帰りました」

「本当だろうな？　憲兵に連絡を取っていた訳じゃないんだな？」

「そんな事する筈がありません」

「お前の妻の命が大事なら、俺の傷が治るまで言う事を聞いて貰う」

「分かっています。ですから妻の命だけは!!」

「それで新しい高級ポーションはいつ手に入るんだよ？」

「高級ポーションはすぐに手に入る商品じゃないんです！　先日知り合いの商店にある高級ポーションも全て買ってアンタに渡したじゃないですか!?」

「うるせーな。まだ傷が痛てぇぇんだよ。傷は塞がったが痛みが治まらねぇぇ。だから高級ポーションを持って来いよ。この女がどうなってもいいのかよ？」

ハンスが女性の首筋に剣を叩きつける。

剣は喉ギリギリで止まっていたが、皮一枚だけ切っており、首筋から血が流れていた。

「あなた……助けてぇぇぇ」

「追加注文した高級ポーションは今日届く筈です。それを渡しますので、どうか妻だけは助けてください」

「今日だな!!　それが嘘だったら、この女は殺す」

俺は様子を窺っていて気付いた事があった。

（ハンスは予想通り、商店の薬で傷を治していたようだが、明らかに様子がおかしすぎる）

俺が気付いたのは、ハンスの変貌であった。

ハンスの目は焦点が合っておらず、更に剣を持つ手も震えていた。

首筋に斬り付けた剣も本来なら手前で止めるつもりだったのではないか？

（あの症状……薬の中毒症状の可能性が高い）

ポーションや薬には様々な種類がある。

毒消しや気付け薬にポーションなど、数は用途に合わせて数十種類に及ぶ。

ポーションや薬は、掛けあわせる事で効果を倍増させたり、違った効果を生む組み合わせもある。

俺もそんな相乗効果の高い薬の組み合わせを探したりもしていた。

そしてその逆に人体に悪影響を与える組み合わせもある。

体調が悪くなったり、質が悪ければ薬が効いている間は調子は良くて、効果が切れると禁断症状が現れる場合もある。

今のハンスにはどう見ても禁断症状が現れていた。

きっと、店舗で売っている回復系の薬を飲み漁った結果だろう。

傷は治っているが、身体が薬に侵されては意味がない。

こうなった人間は冷静な判断も出来ずに、衝動的に動いてしまう。

捕まっている女性も、ハンスの機嫌一つで躊躇なく殺される可能性が高い。

(やばい状況に間違いないな。助けるにしても鎖で繋がれている彼女をどうやって助けるか？)

ハンスは椅子に座ると、テーブルの上に置いていたパンを手に取り喰らいついた。

そしてフラッと立ち上がると、店内を物色しながら歩き始める。

その歩みは少しフラついていた。

「おい。普通のポーションでもいい。何かないのか？」

「もう、店にある回復アイテムは全てお渡ししています。残っているのはそれ以外の薬しか……」

「チッ、しけた店だな。もうないのかよ？　それじゃもうこの店は用無しって事だよな？」

手に持っていた剣を振り上げ、ハンスは陳列棚の上に置いていた商品に向けて斬り付けた。

商品は真っ二つにされ、地面に落ちて行く。

「へっへっへ、お前達もこうなりたくないよな？」

「ひぃぃぃぃ」

店主は妻の元に駆け寄り、抱きしめた。

鎖に繋がれているので、それ以外どうする事も出来ない。

(応援を呼びに行きたいが、そんな暇はなさそうだ。いつハンスがブチ切れるか予想が出来ない)

俺はすぐに動けるようにリュックの中を確認する。

使い慣れている蜘蛛の糸や火炎瓶などのアイテムは黒い市場との戦いでなくなっている。

「あるのはポーションなどの薬と魔石だけか……」

アイテムがないなら、ないなりに立ち回るしかない。

魔石とポーションを取りやすい場所に移動し、俺はナイフを手に持ち、タイミングを見計らう。

ハンスは苛立ったまま、椅子に座って自由になった足は、大きく震えていた。

「薬はまだかよ？」

「もう少しで到着する予定ですから‼　お願いです落ち着いてください」

店主もハンスの様子がおかしい事には気付いている。

今はハンスを落ち着かせようと必死だ。

（俺1人でハンスに勝てるのか？　普通に考えれば応援を呼びに行かなくてはいけない筈だよな）

だけど夫婦で肩を抱き合い、震えている2人の姿を見てしまった。

俺が助けを呼びに行っている間に殺されでもしたら、俺はきっと一生後悔する。

（そんな薄情な事は出来ねぇよな）

そんな時、再びドアがノックされた。

店主は窓際に移動するとドアをノックしている人物を、カーテンの隙間から確認した。

そしてハンスに対して大きく頷いたのである。

やっと薬が到着したと理解したハンスはニヤリと笑みを浮かべると、剣をドアの方に突き刺した。

これはドアを開いて、アイテムを回収しろという指示で間違いない。

店主はゆっくりとドアを開くと、アイテムが入っている木箱を受け取った。

そして木箱の箱を専用の工具を使って、丁寧に開いていく。

開いた木箱には色々なポーションなどが入っていた。

そのポーションを一つずつ取り出していく。

けれど高級ポーションだけは入っていなかった。

店主は震えながら首を左右に振る。

「どうやら、手違いがあったみたいです。私はちゃんと注文したんです」

その一言を切っ掛けに、ハンスの顔が豹変した。

「お前……俺を騙したって訳だな」

「いえ、そんなつもりは。お願いです。私は殺されても構いません。ですが妻だけは助けてください」

店主は妻の前に移動し、ハンスに向かって土下座を始めた。

もう自分が死ぬことでしか、妻を守れないと悟ったのだ。

「それじゃ、残された者が可哀相だろ？　俺は知っているんだよ。残された者がどれだけ寂しい思いをするかって事をな……」

「どうかお願いします」

「俺は優しいから、片方だけ寂しい思いなんてさせないぜ」

ハンスは笑いながらゆっくりと剣を振り上げた。

「ハンス、高級ポーションならここにあるぜ」

その瞬間、誰もいない筈の2階から聞こえた俺の声によって、ハンスは動きを止めた。

そして警戒しながら階段を見つめる。

「誰だ⁉」

ハンスは階段に向かって、大声を上げた。

すると階段からコロコロと一本の小瓶が転がって落ちて来た。

その小瓶は高級ポーション専用の小瓶である。

ハンスは警戒しながらその小瓶の元に移動し、手に取った。

「これは高級ポーション？　一体誰が？」

「俺だよ。俺の事を忘れたのか？」

次の瞬間、俺は1階の窓を蹴破って飛び込んだ。

そのまま店主と夫人の元に転がり、夫人が繋がれている鎖を両手で掴みそのまま引きちぎった。

「もう大丈夫だ。このまま2人で逃げろ！」

「ラッ、ラベル⁉　鎖を素手で⁉」

「理由は後だ。今は逃げろ。死にたいのか⁉」

「とにかく助かった！　すぐに応援を呼んでくるから！　だからラベルも無茶しないでくれ」

店主は妻を連れて、ドアを開き外に飛び出した。

俺は2人が逃げた事を確認した後、ハンスに視線を向ける。

「どうしてお前が生きているんだ？」

ハンスは冷静そうに見えた。

だが目は見開き、俺を指す指は震えている。

（ブチ切れすぎて、逆に冷静に見えるだけか？）

「どうして生きているって、死ななかったからだよ」

「ダンジョンコアは猛毒な筈だろ？　あれだけ喰わされて、どうして生きている？　おかしいだろ？　どうしてお前はいつも俺の前に立ちはだかるんだよ？」

「何を言っているんだ？　実際に俺も死にかけたんだぜ。だけどな俺には助けてくれる仲間がいたんだよ。お前はどうだ？　罪のない人の家に押し入り、脅迫して強奪しないと薬も手に入らない」

図星を突かれてハンスの顔色が真っ赤に染まる。

「何を偉そうに……お前はまたそうやって俺に説教をする気なのか？」

「説教する気はもうない。このまま俺を逃がしてくれるって言うなら、帰らせて貰うがな」

「そんな訳がねーだろ。ダンジョンコアで死なないんだったら、今度は俺がこの手で！　確実に殺してやるよ」

俺とハンスのリベンジマッチがこうして始まった。

◇◇◇

ハンスは俺に向かって飛び掛かって来た。

薬によって錯乱していたとしても、S級冒険者の実力は健在だった。

俺はさっきまで発動させていたゴブリンのスキルを解除し、素早くブラックドックのスキルを発動させる。

そしてハンスの動きよりも速い動きで後方に下がり、距離を取り直した。

（ギリギリだった……下がるのが一瞬でも遅れていたら俺は斬られていた。2人を逃がすのは難しいかもしれない）

今の俺ではスキルをチェンジするのに多少のタイムロスが発生する。

これぱっかりはスキルを使いこなして、慣れていくしかない。

今のハンスと渡り合うにはスキルを上手く使って対応するべきだ。

（スピードならブラックドックの魔石を使った俺の方が上だ！　今はこのスキルで翻弄するしかない）

俺が横に移動すると、ハンスは先読みして回り込もうと動いた。

俺の基本的な戦法はカウンターである。

相手の攻撃をかわして、アイテムを使って罠に嵌《は》める。

なので自分から攻める事が今までなかった。

その経験不足が俺の足を引っ張っていた。

「ほらほら、どうした？　俺を倒すんじゃないのか？」

ハンスは逃げる俺に対して、余裕で攻撃を仕掛けて来た。

「お手柔らかに頼むぞ。俺はポーターなんだからな」

俺は愛用のナイフで攻撃をいなしながら、部屋の中を駆けまわる。

俺が隙をついて、斬りかかってもハンスは余裕でかわしている。

「おっさん、どういう理屈でその動きが出来るようになったのかは、知らねぇが、攻撃の仕方が全然なってないんだよ。攻撃っていうのはな、こうやってやるもんだぜ」

ハンスは俺に並走しながら、突然強烈な蹴りを腹部に叩き込んで来た。

自分から攻撃する事に慣れていない俺は、攻撃する事に気を取られ、ハンスの蹴りに全く反応できずに吹っ飛ばされてしまう。

「ぐはぁっ！」

蹴り飛ばされた俺は、床の上を数回転した後すぐに立ち上がった。

モロに蹴りを喰らったのだが、意外な事にそれ程ダメージは入っていない。

ギルドホームでハンスに襲われた時は一方的にやられてしまっていたが、今は前回とは違うようだ。

一方ハンスの方は、もう一度俺を痛めつけれると思っているのだろう。

俺を見下ろし勝ち誇った顔を浮かべていた。

それにハンスが言った通り、今まで戦闘に参加していなかった俺の攻撃は粗末《そまつ》なものだ。

俺が攻撃を避ける際に繰り出した攻撃は簡単に弾かれている。

しかしそれはハンスにも言える事だった。

ずっとダンジョンに潜り続け、何十年も魔物から逃げ続けてきた俺の攻撃を避ける技術は、かなりのレベルまで達していた。

そして最初はぎこちなかった戦闘にも変化が現れ始める。

ギルドホームでやられた時は不意打ちのダメージと、身体的な力の差が大きくボロボロにされてしまったが、エリクサーで身体的にも強化された今の俺とハンスに差は全くなかった。

(少しずつ、戦いに慣れてきたぞ)

相手の動きから次の攻撃を予測する能力と、今まで培ってきた避ける技術は、魔物ではなく人間相手にでも十分通用した。

その事実を俺は身をもって体験する。

膠着《こうちゃく》状態で10分程度戦っているにも関わらず、ハンスの攻撃は一度も当たらない。

ハンスは苛立ち怒号を上げた。

「おい!?　どうなっているんだよ？　おかしいじゃねーか？　どうして俺の攻撃が当たらねぇぇぇんだよ」

俺が避けているからに決まっている。

ハンスは現実を受け入れられずに、おかしくなってきたのかもしれない。

「お前の攻撃が当たっていないからだろ？　そんな事も分からねぇのか？」

「だから、それがおかしいって言っているんだよ？　どうして俺の攻撃が当たらねぇんだよ？

たった数日前と違うだろ!!」

叫びながら剣を振り下ろすハンスの攻撃を俺が半身をずらして避けた後、バランスを崩したハンスの腕にナイフで切りつける。

俺の攻撃は拙《つたな》いが、少しずつハンスを追い詰め始めていた。

ずっと冒険者の戦い方を彼等の傍で見続けてきて、戦い方は頭に入っている。

ハンスと戦っている間に、そのイメージと自分の動きが少しずつ重なり始めた。

その後もハンスは俺の攻撃を避けきれずに、身体の至る所に切り傷を負い始める。

一度は殺されかけた相手で、手も足も出ずに一方的にやられてしまった。

闘う前は、殺される覚悟していたのだが結果は大きく違った。

今のハンスでは絶対に俺を倒す事は出来ないと断言できる。

全盛期のハンスならまだしも、今のハンスは中毒症状で身体の切れがなく、攻撃のパターンも単純で動きを容易に予想する事が出来た。

「もう、十分だろ？　ハンスそろそろ決着を付けよう」

「なんだとぉぉ？　もう勝った気でいるのか？　つくづく腹の立つおっさんだぜ。いいぜ、なら俺も本気を出してやるよ」

ハンスは一度動きを止めると、剣を構えてスキルを使用した。

ハンスのスキルは、自身の攻撃力を大きく引き上げるものである。

込める魔力量によって、ハンスの剣はなんでも引き裂く最強の武器へと変化を遂げる。

「お遊びはこれで終わりだ。次の一撃で終わらしてやるよ」

ハンスは何故か、勝った気でいる。

確かにハンスのスキルは強力で、その攻撃が当たれば俺も無傷では済まない。

なら当たらなければいいだけだ。

俺はもう一度周囲を見渡した。

一瞬で戦場を頭に叩き込んだ俺は、新しい作戦を組み立て行動を開始する。

ハンスはスキルの力を付与した剣を構え、突っ込んで来た。

俺は近くにあった木製の椅子を、牽制《けんせい》も兼ねてハンスに向けて投げつける。

椅子は紙をナイフで斬り裂くように、音もたてずに半分にされた。

「マジで凄いなお前のスキル」

「今頃気付いても遅いんだよ。お前にも身をもって体験させてやるよ」

「だがな、俺も簡単にやられる訳にはいかないんだよ」

ハンスが一気に間合いを詰めて来た。

その動きに合わせて俺は全速力で後方へと引き下がる。

ブラックドックのスキルを使用している俺の全速力は、ハンスの突進よりも速かった。

「なっ⁉　なんだその動きは⁉」

「お前が俺に与えてくれた力だよ」

「なんだと？　俺がお前に与えた力だと？」

「ゆっくり話をしている間もなさそうだからな、後で教えてやるよ」

移動した俺の手には、何故か蜘蛛の糸が握られていた。

それをハンスに向かって投げつける。

「小癪《こしゃく》な！　いつの間にそんなアイテムを⁉」

「周りをよく見てみろよ？　ここを何処だと思っているんだ？　店の中なんだぞ？　アイテムならそこら中に転がっているぞ！　お前は薬の事しか頭にないから、気付けなかったんだよ」

「くそったれがぁぁぁ‼」

ハンスは向かって来る蜘蛛の糸を剣で斬り裂いた。

普通の剣で斬り裂いた場合、蜘蛛の糸が絡みついたりするのだが、切れ味を極限まで高めたハンスの剣は、蜘蛛の糸を容易く引き裂いた。

だがそれは織り込み済みの事だ。

俺は気にせず、近くにある蜘蛛の糸を全てハンスに投げつけた。

だがハンスはそれらの蜘蛛の糸を軽々と切り裂いたり、避けたりしてかわしきる。

「そんな見え見えの攻撃当たる訳がないだろ？」

ハンスは鼻を鳴らしながら笑う。

しかし、さっき蜘蛛の糸を投げた事で準備が完了したのは俺の方だ。

ハンスは怒りと憎しみで暴走し過ぎて、もう自分でも制御できなくなっているに違いない。

そして、その憎しみは俺に向けられている。

今から俺は全力でお前を叩き潰す！

「ならこれならどうだ？」

俺は素早く別の魔石を口に入れ、スキルを発動させる。

俺は壁沿いを移動しながらハンスに近づいて行く。

ハンスも俺の動きを追って、軸足を回転させ絶えず俺を正面に捉える。

俺がハンスの周囲を半周位回った時、突如背を向けた。

「なにぃぃぃ？」

俺が突然背中を向けた行動を見て、ハンスが眉をひそめる。

俺はそのまま背後の壁を駆け上がり、天井を伝って頭上からハンスに攻撃を仕掛けたのだ。

「なんだよそれ!!」

ハンスは俺のスキルを全く知らない。

ハンスに見せたスキルは、速く動けるブラックドックと筋力を増大させるゴブリンの二つだけ。

重力を無視して動き回れるゲッコーの能力はまだ見せてなかった。

人間離れした俺の動きにハンスは完全に混乱している。

俺はハンスの剣が届かない距離を保ち、ハンスの周囲を移動する。

ハンスの視線は天井を走り回る俺に向けられており、俺の動きに合わせてハンスも絶えず向きを変え真正面を向くように微調整を繰り返していた。

（そろそろ頃合いだよな）

俺はハンスの足元を確認した後、１８０度急旋回してハンスの背後に回り込む。

ハンスも俺の動きに合わせて足を回転させようとした。

だがハンスは足が動かずその場に倒れ込んだ。

ハンスの足には蜘蛛の糸が絡みついていた。

ハンスの注意を天井に向けさせていた理由は、足元を見させないためだった。

天井を走り回り、足元に落ちている蜘蛛の糸が足に絡みつくように誘導させた。

転倒したハンスは咄嗟に両手をついてしまう。

両手をついたという事は、剣を手離したという事だ。

俺はその隙を見逃さず、ハンスの真上でゴブリンのスキルへと切り替えた。

「ハンスウゥゥ。これで終わりだぁぁぁ」

スキルの発動と共に自然落下が起こる。

俺はその重力も利用し、全力でハンスの後頭部を殴りつけた。

ハンスは死角から俺の攻撃を受け、そのまま石の床に叩きつけられた。

スキルの力で筋力がアップしている俺の拳と石の床に顔が挟まれ、ミシミシとハンスの骨がきしむ音が聞こえる。

「ぐはぁぁぁ」

ハンスはそのまま意識を失った。

俺は素早く、近くに散乱していた蜘蛛の糸を利用し、ハンスを拘束する。

「この俺がS級のハンスに……」

戦闘の終了と共に俺の身体には疲労感が襲って来たが、店主達の命を助けられた事、そしてハンスに勝てた事が嬉しくて、疲労感すら心地良いと感じた。

それからしばらくすると、逃げた店主の話を聞いた憲兵達が店舗になだれ込んで来てくれた。

俺は事情を話しハンスを引き渡す。

ハンスは再び憲兵に捕まり、今度は二度と逃げられないように厳重に監視され連れて行かれた。

◇◇◇

数日後、俺は普段と変わらない日常に戻っていた。

今はダンジョン攻略に向けて、市場で買い込んだアイテムの整理していたのだが、突然スクワードがギルドホームに訪ねて来た。

「ラベル～いるか～？」

「スクワードか？　何か用か？」

「お前がハンスを捕まえたって話を聞いてよ。詳しく聞かせて貰おうと思ってな。驚いたぞ!? 一体何があったんだよ?」

「まぁ成り行きだよ。それで連行されたハンスはどうなったんだ?」

「ハンスは憲兵に連行された後、そのまま契約魔法を行使されたそうだ。これでもう逃げ出す事は出来ないだろう。今後は刑期が終わるまでは、強制労働の日々を過ごして罪を償う訳だ!!」

「そうか……」

ハンスとは色々と因縁もあったが、これで一応の区切りは付いた。

これからは、俺もオラトリオの事だけに集中が出来るだろう。

カインと約束したSS級ダンジョンの攻略に向けて、まずはA級冒険者になる事を目指す。

それと余談になるのだが、ハンスが失態した事に加えレミリアが行方不明になった影響で、ハンスの推薦で幹部になっていたフレイヤとシャーロットが幹部を辞退する事となった。

エルフのシャーロットは一度故郷に帰り、フレイヤは冒険者として再び活動するとの事だ。

2人とも優れた才能を持った冒険者なのだが、汚名を残したハンスのせいで、今後はハンスの元パーティーメンバーという事実が2人に苦難を与えるだろう。

「スクワード、お前が一番大変だったな。どうだ? 久しぶりに酒でも飲みに行くか?」

ギルドの問題でずっとカインに振り回されていたスクワードを不憫に思い飲みに誘う。

「おっ、いいな。行こうぜ。2人でしんみり飲むのもいいけどよ。俺達全員があのバカゴリラのせいで振り回されたんだから、関係者全員で言って、悪口で盛り上がるか?」

スクワードは乗り気で、仲間も呼んで盛大に騒ぎたいみたいだ。

「お前がそれでいいなら、俺の方もそれで構わないぞ」

こうして俺達は今回の事件に関係している者達に声を掛け慰労会を開催した。

集まったのはオラトリオのメンバー全員と、アリスにスクワードのいつものメンバー。

後は、サイフォンの警護に駆り出されたスクワードとアリスの部下達だ。

今回はカインの愚痴を言い合う場と考えていたので、当然カインには声を掛けていない。

酒場を貸し切り、盛大な慰労会が開始された。

慰労会はとても楽しく、時間の経過と共に参加者の酒を飲むペースも上がる。

カインの愚痴を一番こぼしていたのは、当然スクワードである。

スクワードも相当溜まっていたのだろう、アリスがカインの代わりに申し訳なさそうにしていた。

カインに近い俺やスクワードは、カインの傍若無人な行動に文句を言っていたのだが、スクワードとアリスの部下達は、自身が目撃したカインの武勇伝に花を咲かせていた。

ここでも俺はカインが物凄いカリスマ性を持っているのだと実感した。

彼らにとって、伝説のＳＳ級冒険者カインはやはり永遠のヒーローなのだろう。

それと数名の冒険者達がアリスとリオンを指さし何か話している。

スクワードが言うには、部下達はアリスがシャルマンだとは知らない。見た目麗しい美女２人に鼻の下を伸ばしているみたいだが、アリスの正体を知ったら一体どう思うだろう。

後、もしリオンに手を出すようであるなら、俺も黙ってはいない。

こうして俺達は英気を養い、新たなダンジョン攻略に向けて動き出す。

あとがき

おうすけです。

「おっさんはうぜぇぇぇんだよ！ってギルドから追放したくせに、後から復帰要請を出されても遅い。最高の仲間と出会った俺はこっちで最強を目指す！」の二巻を手に取っていただき、ありがとうございます。

昨年の12月に書籍第一巻を出版してから、あっという間に4ヵ月が経過しました。

読者様の応援のおかげで、無事に二巻を出す事が出来ました。

本当にありがとうございます。

4ヵ月は長い様に感じるかもしれませんが、私にとってはあっという間で、すぐに二巻に向けて動き出したという感覚です。

最初は書籍化作業も二回目という事で、前回よりも楽に出来るだろうと思っていましたが、その頃の自分を叱ってやりたくなりました。

今回は5万字を超える加筆修正作業から始まり、一度完成したと思った後からの大幅修正。

時間もない中の作業で本当にヤバかった。

ですが仕上がった原稿は内容も良くなっており、とても満足しています。

Ｗｅｂ版と書籍版では大きく内容が変わっているので、Ｗｅｂ版からの読者様も楽しんで貰えるのではないでしょうか？

最後に第三巻も出版出来る様にがんばりますので、これからも応援よろしくお願いします。


それでは謝辞に移らせて頂きます。

まずは担当の金子様、今回は締め切りがギリギリで色々とご迷惑をおかけしました。

多くのアドバイスを頂いたおかげで、良い作品に仕上がりました。

次に素晴らしいイラストを描いて下さいましたエナミカツミ先生、二巻では新キャラクターのカインやスクワードを描いて頂きありがとうございます。

先生のイラストは躍動感に溢れ、物語の世界観を上手く表現して頂いて感謝しています。

そして帯でもお知らせしていますが、本作のコミカライズも始まるので、この勢いを維持したまま、三巻も出せる様に頑張ります。

BKブックス

おっさんはうぜぇぇぇぇんだよ！ってギルドから追放したくせに、後から復帰要請を出されても遅い。最高の仲間と出会った俺はこっちで最強を目指す！2

2021年4月20日　初版第一刷発行

著　者　おうすけ

イラストレーター　エナミカツミ

発行人　今 晴美

発行所　株式会社ぶんか社
〒102-8405　東京都千代田区一番町29-6
TEL 03-3222-5150（編集部）
TEL 03-3222-5115（出版営業部）
www.bunkasha.co.jp

装　丁　AFTERGLOW

編　集　株式会社 パルプライド

印刷所　大日本印刷株式会社

ISBN978-4-8211-4587-4

Printed in Japan